Bajo el Manto del Horror Un Thriller Psicológico Criminal lleno de Abuso, Corrupción, Misterio, Suspenso y Aventura

Marcelo Palacios

Published by INDEPENDENT PUBLISHER, 2024.

This is a work of fiction. Similarities to real people, places, or events are entirely coincidental.

BAJO EL MANTO DEL HORROR UN THRILLER PSICOLÓGICO CRIMINAL LLENO DE ABUSO,CORRUPCIÓN,MISTERIO,SUSPENSO Y AVENTURA

First edition. October 23, 2024.

Copyright © 2024 Marcelo Palacios.

ISBN: 979-8227678508

Written by Marcelo Palacios.

Tabla de Contenido

Capítulo 1: El Cuerpo en el Río 1
Capítulo 2: La Vida de Emily 5
Capítulo 3: La Llamada a la Acción 10
Capítulo 4: Primeros Sospechosos 15
Capítulo 5: Conexiones Peligrosas 20
Capítulo 6: El Grupo de Activistas 24
Capítulo 7: Revelaciones y Sorpresas 28
Capítulo 8: Un Nuevo Asesinato 32
Capítulo 9: Conexiones entre las Víctimas 36
Capítulo 10: Presiones Externas 40
Capítulo 11: Amenazas Silenciosas 44
Capítulo 12: El Pasado de Mia 48
Capítulo 13: La Red de Corrupción 51
Capítulo 14: Un Testigo Clave 55
Capítulo 15: Confrontación en el Refugio 59
Capítulo 16: Doble Juego 63
Capítulo 17: El Culto del Silencio 67
Capítulo 18: Enfrentamiento con Robert White 71
Capítulo 19: Un Viaje al Pasado 75
Capítulo 20: Desenmascarando a los Culpables 79
Capítulo 21: La Trampa 83
Capítulo 22: La Caída de un Poderoso 88
Capítulo 23: La Revelación 91
Capítulo 24: La Huida 95
Capítulo 25: La Última Confrontación 99
Capítulo 26: El Eco del Pasado 102
Capítulo 27: La Conexión Final 105
Capítulo 28: El Juicio 108
Capítulo 29: La Redención 110
Capítulo 30: Repercusiones 112
Capítulo 31: El Eco del Cambio 114
Capítulo 32: Nuevos Comienzos 117

Capítulo 1: El Cuerpo en el Río

El río Charles fluía con calma aquella mañana, sus aguas reflejaban un cielo grisáceo, amenazando lluvia. Las olas suaves arrastraban pequeños desechos hacia la orilla, donde los gansos paseaban sin preocupación. Sin embargo, esa tranquilidad se rompió abruptamente cuando el grito ahogado de un transeúnte cortó el aire. El eco de su horror resonó entre los árboles cercanos, llamando la atención de los demás. Alguien había encontrado un cuerpo.

La detective Mia Taylor se encontraba en su automóvil, revisando unos documentos cuando recibió la llamada de emergencia. La voz temblorosa del operador mencionó el hallazgo de un cadáver en el río, y su instinto le dijo que este caso sería diferente. Con un suspiro profundo, dejó atrás el sonido del tráfico y condujo rápidamente hacia la escena.

Al llegar, una multitud de curiosos se había reunido en la ribera. La policía ya había acordonado el área, y Mia se abrió paso entre los oficiales con la familiaridad de quien ha estado en el terreno muchas veces. Una sensación de inquietud la envolvía mientras se acercaba a la orilla. El rostro del joven que había dado la alerta era pálido, sus ojos, llenos de terror, se posaron en ella.

—¿Es ella? —preguntó con voz temblorosa, señalando hacia el agua.

Mia asintió, sintiendo un nudo en el estómago. La silueta del cuerpo flotaba a unos metros de la orilla, inmóvil, como si estuviera dormida. La corriente acariciaba el cabello de la mujer, revelando una melena rubia enredada. Con un gesto firme, Mia se acercó, ordenando a los agentes que mantuvieran a la multitud alejada.

Los paramédicos ya habían llegado, y mientras uno de ellos se preparaba para recuperar el cuerpo, Mia observó atentamente cada detalle. El rostro de la mujer, aún visible sobre la superficie, mostraba una expresión de paz inquietante, aunque el horror del momento la envolvía como una sombra. La detective sintió cómo el aire se volvió más denso, presionando sobre su pecho.

—Detective Taylor —dijo un oficial, interrumpiendo su observación—, tenemos una identificación. Es Emily Dawson, abogada de derechos humanos.

2

El nombre resonó en su mente como un eco distante. Había oído hablar de Emily, una joven conocida por su valentía en la defensa de las víctimas de abuso. Los rumores de su trabajo valiente habían llegado hasta Mia, pero nunca habían cruzado caminos. La idea de que esa mujer, quien había luchado por los más vulnerables, terminara así, en el fondo del río, le dejó una sensación de desasosiego.

Con un gesto decidido, Mia se acercó más a la orilla, sintiendo el frío del aire que se colaba entre su abrigo. Mientras los paramédicos recuperaban el cuerpo, su mente empezaba a conectar hilos, intentando anticipar qué podría haber llevado a Emily a un destino tan trágico. La escena se llenó de murmullos de la multitud, que comenzaban a especular sobre lo que podría haber ocurrido.

Una vez que el cuerpo fue sacado del agua y cubierto con una manta, Mia se arrodilló junto a los paramédicos. La escena era una mezcla de dolor y horror, y la detective sintió el impulso de proteger la memoria de Emily, de asegurarse de que su muerte no quedara sin respuesta. La profesionalidad de los paramédicos contrastaba con la sensación de impotencia que crecía dentro de ella. La muerte de Emily era una herida abierta en la comunidad, un recordatorio de los peligros que acechaban a quienes se atreven a enfrentarse a la oscuridad.

Mientras se retiraba de la escena, Mia sintió el peso de las miradas de los presentes. Las palabras de un grupo de manifestantes que habían estado apoyando a las víctimas de abuso flotaban en su mente. Habían advertido sobre las amenazas que enfrentaban quienes se atrevían a hablar. La vida de Emily se había entrelazado con una lucha mayor, y ahora, esa lucha podría haberle costado la vida.

En su oficina, el capitán Moore ya la esperaba. El tono de su voz era grave cuando le presentó las primeras líneas de la investigación.

—Mia, tenemos que actuar rápido. El público espera respuestas, y esto podría desestabilizar la ciudad. Emily era muy conocida, y su muerte no será un caso más.

Mia asentía, sintiendo cómo el peso de la responsabilidad se posaba sobre sus hombros. Había una línea delgada entre el deber y el deseo de venganza. Su instinto le decía que este caso no solo se trataba de un asesinato; había algo más oscuro oculto en las sombras.

El capitán se reclinó hacia adelante, mirando a Mia con seriedad.

—¿Tienes alguna idea de por dónde empezar?

—Hablaré con sus colegas y amigos. Necesito entender quién era realmente Emily. Debo saber por qué alguien querría hacerle daño —respondió, su voz firme.

Salió de la oficina con determinación. El viento helado le golpeó la cara mientras caminaba hacia su coche. La investigación comenzaba en ese instante, pero en su interior, la sombra de la muerte de Emily la seguiría.

El cielo se tornó más gris, como si el mundo también llorara por la pérdida de una vida. Los recuerdos de las conversaciones que había escuchado sobre Emily, su dedicación y su valentía, comenzaron a tejerse en su mente. Era como si cada fragmento de su historia le gritara a Mia que la lucha de Emily no había terminado.

Al llegar al edificio donde trabajaba Emily, la atmósfera era diferente. El lobby, normalmente bullicioso, estaba marcado por un silencio tenso. La gente hablaba en susurros, y los rostros reflejaban preocupación y miedo. Mia se presentó en la recepción, donde una mujer de cabello rizado la miró con ojos tristes.

—¿Eres la detective Taylor? —preguntó la mujer, su voz quebrada por la emoción.

—Sí. Estoy aquí para hablar sobre Emily —respondió Mia, tratando de mantener un tono profesional.

—Soy Laura, su asistente. No puedo creer que esto esté sucediendo. Emily estaba tan llena de vida... —sus ojos se llenaron de lágrimas.

Mia sintió una punzada de compasión. La pérdida era palpable, y Laura representaba un vínculo directo con la abogada fallecida. Con suavidad, le pidió que le contara sobre Emily.

—Ella estaba trabajando en un caso importante —murmuró Laura—. Tenía miedo, pero no se detuvo. Decía que tenía que proteger a sus clientes a toda costa. A veces, hablaba de amenazas, pero siempre creí que era solo su paranoia.

—¿Amenazas? ¿Quién las hacía? —preguntó Mia, registrando cada palabra.

Laura dudó, mirando a su alrededor como si esperara que alguien las escuchara.

—No lo sé... Pero había un grupo, hombres que siempre la miraban de manera extraña en los tribunales. Ella mencionó que algunos de ellos tenían conexiones políticas, incluso en la policía.

Mia sintió un escalofrío recorrer su espalda. La corrupción podía estar más cerca de lo que imaginaba. La detective la instó a continuar, y Laura compartió detalles sobre un caso que había estado revisando Emily, uno que involucraba a una red de abuso.

—Ella pensaba que podía desmantelarlo, que había pruebas suficientes... Pero me temo que eso la llevó a su final. Nunca debió haberlo intentado sola.

Cada palabra de Laura encajaba en el rompecabezas que Mia intentaba resolver. Un sentido de urgencia se apoderó de ella; el tiempo se convertía en un enemigo. Mientras se despedía de Laura, la joven abogada la miró con una mezcla de esperanza y desesperación.

—¿Vas a encontrar a los responsables? —preguntó.

—Lo haré. Emily no merecía esto —prometió Mia, sintiendo cómo esa promesa se convertía en un impulso feroz dentro de ella.

Al salir del edificio, la lluvia comenzó a caer, lavando las calles de la ciudad. Pero la tormenta que se avecinaba en su interior era mucho más oscura. Mientras conducía hacia la sede de la policía, la imagen del cuerpo de Emily flotando en el río seguía grabada en su mente. Cada escena de su vida se convertía en un eco que resonaba en su corazón.

Mia estaba decidida a descubrir la verdad, a desentrañar el horror que había llevado a Emily a ese río. Era un caso que cambiaría todo, un reto que enfrentaría con valentía. La lucha de Emily no podía terminar con su muerte. A partir de ese momento, la detective no solo estaba persiguiendo un asesino; estaba enfrentando la sombra de un sistema que había fallado.

Mientras el agua caía, Mia se preparaba para una batalla, no solo contra los criminales que acechaban, sino contra la corrupción que se ocultaba en las profundidades. Cada paso la acercaba más a la verdad, y estaba lista para enfrentarse a lo que viniera.

Capítulo 2: La Vida de Emily

El sonido del teléfono resonaba en la oficina de Emily Dawson, un eco persistente que rompía el silencio de la tarde. Con una taza de café aún humeante en la mano, Emily se apresuró a responder. Su voz, firme y decidida, reflejaba la pasión que sentía por su trabajo. Era una abogada defensora de víctimas de abuso sexual, y cada llamada era un recordatorio de las vidas que dependían de su labor.

—Emily Dawson, ¿en qué puedo ayudarle? —dijo, mientras se acomodaba en su silla, rodeada de pilas de documentos y fotografías de sus clientes.

Al otro lado de la línea, una mujer sollozaba, y Emily sintió cómo su corazón se hundía. La historia de la llamada era trágica: una joven había sido atacada en una fiesta, y la culpa y la confusión se apoderaban de ella. Emily escuchó atentamente, ofreciendo consuelo y esperanza, prometiendo que no estaba sola.

En un flashback, la escena se trasladó a un día soleado en la Universidad de Harvard, donde Emily había estudiado Derecho. Ella y su mejor amiga, Sarah Black, caminaban por el campus, discutiendo sobre sus sueños y ambiciones. Sarah, con su cabello rizado y una sonrisa brillante, siempre había sido el apoyo inquebrantable de Emily.

—No puedo creer que estemos tan cerca de graduarnos. ¡El futuro es nuestro! —exclamó Sarah, llenando el aire de entusiasmo.

Emily sonrió, pero una sombra de duda se cernía sobre ella. Había elegido una carrera difícil, y el camino hacia la defensa de las víctimas no era sencillo. La realidad de su futuro le daba miedo, pero la determinación de ayudar a quienes habían sido lastimados superaba sus temores.

—Siempre has sido valiente, Em. Vamos a hacer esto juntas —dijo Sarah, apretando su mano con fuerza.

El flashback se desvaneció, y la voz de la mujer del teléfono regresó a la mente de Emily. Con palabras firmes, la abogada le explicó los pasos que debía seguir, brindándole recursos y apoyo. La conversación duró más de una hora, y al colgar, Emily se sintió agotada, pero satisfecha. Cada cliente era un recordatorio de por qué había elegido esta carrera.

Días después, en una reunión de su despacho, el ambiente era tenso. El equipo se reunía para discutir un caso complicado que había captado la atención de los medios. Una joven había sido atacada por un hombre influyente en la comunidad, y las circunstancias eran inquietantes.

—Necesitamos enfocarnos en la credibilidad de la víctima —dijo Mark, un abogado junior, mirando a sus colegas—. Sabemos que la sociedad tiende a culpar a las víctimas.

Emily asintió, sabiendo que cada detalle contaba. Ella había dedicado su carrera a derribar los estigmas que rodeaban el abuso sexual. Las víctimas ya estaban sufriendo lo suficiente; no podían permitir que el sistema les fallara una vez más.

—Vamos a asegurarnos de que su voz se escuche —afirmó Emily con determinación, su mirada fija en la pizarra llena de notas.

En una pausa de la reunión, Sarah entró en la oficina con una caja de donas, el dulce aroma llenando el aire. Su presencia iluminó el ambiente.

—Chicos, un pequeño empujón de energía. Necesitamos mantenernos fuertes para luchar contra esta injusticia —dijo, dejando caer la caja en la mesa.

Emily sonrió. A pesar de la gravedad de su trabajo, siempre encontraba consuelo en la compañía de su amiga. Sarah se había convertido en su apoyo incondicional, una voz de aliento en los días más oscuros.

La reunión continuó, y el caso avanzó. Cada uno de los miembros del equipo compartió sus ideas y estrategias. Emily se sentía más segura con cada aporte; su pasión por la justicia crecía. Al final de la sesión, Sarah se acercó a ella.

—Em, ¿quieres salir a tomar un café? —preguntó con una sonrisa traviesa—. Necesitamos un descanso.

Ambas abandonaron la oficina, y mientras caminaban por las calles de Boston, el aire fresco las envolvía. Las luces de la ciudad comenzaban a encenderse mientras caía la tarde, y Emily sentía que la vida le ofrecía un respiro, aunque fuese momentáneo.

—¿Cómo te sientes con el caso? —preguntó Sarah, mirando a Emily con preocupación.

—Es complicado... —Emily suspiró—. Pero sé que tenemos que hacerlo. No podemos dejar que la víctima sea silenciada.

La conversación se desvió a temas más ligeros, pero en el fondo, ambas sabían que el peso de la realidad siempre estaba presente. La lucha por la justicia no era solo profesional, era personal.

En el fondo de la mente de Emily, la imagen de su madre, quien había sido víctima de abuso en su juventud, la perseguía. Esa historia había moldeado su vida y su elección de carrera. La memoria de su madre siempre la impulsaba a seguir adelante, incluso cuando las fuerzas parecían flaquear.

Regresaron a la oficina con renovada energía, listas para enfrentar el siguiente desafío. Sin embargo, una atmósfera inquietante comenzaba a rodear a Emily. Rumores de amenazas a su vida empezaron a circular entre su equipo. Aquella sensación de miedo se colaba en sus pensamientos, pero cada vez que se sentía vulnerable, recordaba las palabras de su madre: "Siempre lucha, incluso cuando parezca que todo está en contra de ti".

El tiempo pasó, y el caso en el que habían trabajado se volvió más complicado. La presión de los medios crecía, y las redes sociales estaban inundadas de comentarios sobre la víctima. Emily decidió organizar una conferencia de prensa para aclarar la situación y brindar apoyo a la joven.

El día de la conferencia, la sala estaba llena de periodistas y cámaras. Emily se sentía nerviosa, pero sabía que era crucial dar la cara y defender a la víctima. Cuando llegó su turno de hablar, respiró hondo y se dirigió a la multitud.

—Estamos aquí para apoyar a nuestra cliente. Ella es una víctima, y merece ser escuchada —dijo, su voz resonando con fuerza.

El murmullo de la sala se convirtió en un silencio reverente. Mientras hablaba, sentía cómo sus palabras calaban hondo. Era un acto de valentía no solo para ella, sino para todas las víctimas que habían sido silenciadas.

Sin embargo, el momento se tornó sombrío cuando un hombre en la parte trasera de la sala comenzó a gritar, interrumpiendo su discurso.

—¡Ustedes están destruyendo a un hombre inocente! —vociferó, su voz cargada de rabia.

Emily se detuvo, sintiendo el impacto de las palabras como un golpe en el estómago. La reacción de aquel hombre resonó en la multitud, y un escalofrío recorrió su espalda. Mientras los periodistas intentaban contener la situación, el caos se apoderó de la sala.

El escándalo de la conferencia trajo consigo una tormenta de amenazas. Emily comenzó a recibir mensajes anónimos, advertencias veladas que la hicieron sentir vulnerable. Los rumores sobre su vida privada comenzaron a surgir, y la atención negativa la rodeaba.

A pesar de la presión, Emily continuó su trabajo con la misma determinación. Se reunió con más víctimas, escuchando sus historias y brindando apoyo. Con cada encuentro, sentía que su propósito se reafirmaba.

La conexión con Sarah se intensificó, y las dos amigas se encontraban en su cafetería favorita, hablando de todo y de nada. En uno de esos encuentros, Sarah mencionó una fiesta a la que la invitaron, una celebración de la comunidad legal. Emily dudó.

—No estoy segura de que sea una buena idea. Me siento un poco expuesta —admitió.

—Pero necesitas un descanso, Em. Además, puede ser útil conocer a otros abogados y hacer conexiones. La vida no se detiene solo porque hay problemas en el camino —dijo Sarah, tratando de convencerla.

Después de un tiempo, Emily accedió, deseando relajar su mente por una noche. Aquella fiesta sería una oportunidad para desconectar, aunque sabía que los peligros no estaban lejos. La sombra del miedo nunca se disipaba del todo.

El día de la fiesta, el ambiente era festivo. La música resonaba y las luces brillaban intensamente. Emily se sintió un poco fuera de lugar, pero la energía de la noche la envolvió. La gente sonreía y bailaba, y aunque era difícil, decidió dejar de lado sus preocupaciones, al menos por unas horas.

Mientras disfrutaba de una conversación, vio a un grupo de hombres en una esquina, sus miradas fijas en ella. La incomodidad la invadió, pero intentó ignorarlo. La noche continuó, y mientras se movía por el lugar, notó que los hombres la seguían con la mirada. Una sensación de inquietud se apoderó de ella, y decidió buscar a Sarah.

Cuando finalmente la encontró, la atmósfera había cambiado. Sarah estaba hablando con alguien, y Emily la interrumpió, contándole sobre la presencia de aquellos hombres. La preocupación se dibujó en el rostro de su amiga.

—No les des importancia, Em. Son solo tipos que no saben comportarse —dijo Sarah, intentando calmarla.

Sin embargo, la inquietud se mantenía. La noche avanzó, y mientras disfrutaban de la música, la risa de la multitud se desvaneció. Un hombre del grupo se acercó, interrumpiendo su conversación.

—Hola, abogada. ¿Estás disfrutando de la fiesta? —dijo, su tono burlón flotando en el aire.

Emily sintió cómo su cuerpo se tensaba. Las palabras resonaron en su mente, un eco de advertencia. Con una sonrisa forzada, intentó desviar la conversación.

—Estoy aquí para socializar, gracias —respondió, manteniendo la calma.

El hombre sonrió, pero sus ojos no mostraban simpatía. Con un gesto despectivo, se volvió hacia sus amigos, lanzando una risa burlona. La tensión se apoderó del ambiente, y Emily sintió la necesidad de alejarse.

La noche terminó, y al salir del lugar, la sensación de opresión seguía en su pecho. La oscuridad de la calle parecía más profunda, y el camino hacia su hogar se sintió más largo de lo habitual. Mientras conducía, las palabras del hombre resonaban en su mente. Su lucha por la justicia la había expuesto a un mundo peligroso, un mundo donde los depredadores acechaban en las sombras.

La vida de Emily Dawson estaba marcada por el coraje y la determinación, pero el riesgo siempre estaba presente. A medida que el miedo se convertía en un compañero constante, ella se negaba a ceder. La lucha no solo era por sus clientes, sino por su propia supervivencia.

Emily se comprometió a seguir adelante, con cada día trayendo nuevos desafíos, pero también nuevas oportunidades de hacer la diferencia. Mientras el horizonte se oscurecía, su espíritu se mantenía intacto, lista para enfrentar lo que vendría.

Capítulo 3: La Llamada a la Acción

El sonido del timbre del despacho resonó en la sala de la detective Mia Taylor, un eco claro que rompió el murmullo de la oficina. Con una mano aún sosteniendo un café humeante, Mia se desperezó, sintiendo la tensión acumulada en sus hombros. Sabía que esa reunión con el capitán Moore no sería sencilla. La presión mediática estaba en aumento, y el caso de Emily Dawson se había convertido en un tema candente en las noticias locales.

Cuando el capitán Moore entró, su expresión era seria. Con su uniforme perfectamente planchado y su porte autoritario, Mia sintió que la gravedad del momento era ineludible.

—Detective Taylor, gracias por venir —comenzó Moore, tomando asiento al otro lado de la mesa. Su mirada era incisiva, como si estuviera sopesando cada palabra antes de pronunciarla—. La muerte de Emily Dawson ha captado la atención de los medios y la comunidad. Necesitamos avanzar rápidamente en este caso.

Mia asintió, comprendiendo la urgencia. La imagen de Emily, su cuerpo hallado en el río, había inundado las pantallas de televisión y las redes sociales. Cada minuto que pasaba sin un avance significaba un aumento en la presión.

—He estado revisando las evidencias y hablando con los testigos. Sin embargo, hay muchos cabos sueltos —respondió Mia, su voz firme pero con un trasfondo de inquietud—. No podemos darnos el lujo de cometer errores.

—¿Qué tan conectada estaba con su trabajo? —preguntó Moore, apoyándose en su silla—. ¿Había amenazas previas?

Mia recordó las conversaciones con sus colegas, las alusiones sobre cómo algunas de las víctimas de Emily habían enfrentado represalias.

—Emily era abogada defensora de víctimas de abuso sexual. He hablado con algunas de sus colegas, y parece que había casos que podrían haber generado resentimiento en ciertos círculos. Ella se metió en terrenos peligrosos.

Moore frunció el ceño, su expresión endureciéndose.

—¿Estás diciendo que su trabajo podría haberla puesto en la mira de alguien?

—Es posible. Su enfoque en defender a las víctimas de personas influyentes podría haberla expuesto a amenazas. Necesitamos investigar su vida profesional más a fondo —respondió Mia, decidida.

El capitán se reclinó hacia atrás, entrelazando los dedos.

—Bien, hagamos eso. Me gustaría que te reunieras con sus colegas y obtuvieras más información sobre sus casos recientes. Tal vez podamos encontrar conexiones que no hemos considerado.

Mia tomó nota mentalmente. Cada detalle contaba.

—También me gustaría hablar con su amiga cercana, Sarah Black. Puede que tenga información relevante sobre la vida de Emily que no hayamos considerado —añadió Mia.

—Hazlo. Pero no te olvides de la presión de los medios. Necesitamos resultados, y rápido —dijo Moore, su voz grave y autoritaria.

El reloj en la pared marcaba el paso del tiempo, y la sensación de urgencia crecía. Mientras se levantaba de la mesa, el capitán le lanzó una última advertencia.

—No dejes que esto te consuma. La vida de un detective es difícil, y este caso no es una excepción. Recuerda cuidarte.

Mia asintió, aunque en su mente las palabras resonaban como un eco distante. Sabía que debía mantenerse enfocada, pero la sombra del caso pesaba en su corazón. Salió de la oficina con un propósito renovado, decidida a desentrañar el misterio que rodeaba la muerte de Emily Dawson.

Al salir a la calle, la ciudad parecía más viva que nunca. Los transeúntes se movían en un ritmo frenético, ajenos a la tormenta que se cernía sobre ella. Mia caminó hacia su coche, sumida en pensamientos sobre lo que había aprendido hasta ahora. La conexión entre Emily y su trabajo podría ser la clave para desentrañar el misterio.

Después de unos minutos de conducción, llegó a la oficina de la firma de abogados donde Emily trabajaba. La fachada era elegante, un reflejo de la reputación que habían cultivado. Al entrar, un asistente la guió hacia la sala de conferencias donde esperaba un grupo de abogados.

—Gracias por venir, detective. Soy Mark Harrington, uno de los colegas de Emily —dijo un hombre de mediana edad, que se presentó con un apretón de manos firme. Su rostro mostraba una mezcla de tristeza y determinación—. Todos estamos devastados por lo que ha sucedido.

Mia tomó asiento, observando a los demás presentes. Cada uno tenía una expresión de pesar, pero también de tensión, como si todos compartieran un secreto no revelado.

—Sé que este es un momento difícil, pero necesito su ayuda —dijo Mia, comenzando la reunión—. Quiero hablar sobre Emily y su trabajo. Cualquier detalle puede ser útil.

Mark asintió, pasando la mirada entre sus colegas.

—Emily era una defensora apasionada de sus clientes. Luchó por cada una de ellas. Algunas habían pasado por experiencias terribles, y Emily siempre se aseguró de que sus voces fueran escuchadas —explicó Mark.

—¿Hubo alguna amenaza en particular? —preguntó Mia, observando atentamente las reacciones de los demás.

—No amenazas directas, pero algunas de nuestras clientas han enfrentado problemas por su propia seguridad. Sabemos que el sistema no siempre protege a las víctimas, y hay personas poderosas dispuestas a proteger sus intereses —dijo Laura, una abogada joven con una mirada seria.

Mia sintió que una luz se encendía en su mente. La corrupción y el miedo parecían entrelazarse en una red espesa.

—¿Pudieron identificar a alguien que pudiera estar detrás de esos problemas? —preguntó, ansiosa por obtener más información.

Los abogados intercambiaron miradas.

—Hemos sospechado de algunos individuos, pero no podemos afirmar nada sin pruebas. Emily había estado trabajando en un caso muy delicado recientemente, y hubo rumores sobre un empresario local involucrado. Su nombre es Andrew Cole —dijo Mark, su tono grave.

Mia tomó nota de esa información, consciente de la importancia de cada detalle.

—¿Dónde puedo encontrar más información sobre ese caso?

—Emily tenía un archivo sobre el caso en su oficina. Tal vez podrías revisarlo. Hay más en juego de lo que parece —respondió Mark, su voz tensa.

La reunión concluyó con un ambiente de inquietud. Cada uno de los abogados parecía estar al tanto de una verdad incómoda, pero estaban dispuestos a ayudar. Mia se despidió y salió del edificio, el peso de la revelación aún sobre sus hombros.

En el camino de regreso a la estación, el tráfico de Boston parecía más denso que nunca. La ciudad estaba viva, pero Mia se sentía atrapada en una burbuja de presión y ansiedad. Sabía que la vida de una víctima, una abogada dedicada a la justicia, había sido truncada. ¿Qué secretos estaban escondidos detrás de su trágica muerte?

Al llegar a la estación, se dirigió a su escritorio y comenzó a investigar el nombre de Andrew Cole. La pantalla de su ordenador iluminaba su rostro mientras tecleaba, y una serie de artículos aparecieron, cada uno más inquietante que el anterior. Era un empresario de renombre, conocido por su influencia en la ciudad, y había sido vinculado a varias controversias en el pasado.

Mia se sintió impulsada a seguir la pista. La búsqueda de la verdad podría llevarla a un lugar oscuro, pero estaba dispuesta a correr el riesgo. Sin embargo, el sentido de urgencia se intensificó cuando un mensaje apareció en su teléfono: una alerta de que el cuerpo de Emily había sido examinado por la forense. Había nuevas pruebas.

Rápidamente, se dirigió a la sala de autopsias. El aire en la sala era frío y estéril, un contraste con el caos que reinaba en su mente. La forense, la doctora Lane, la recibió con una mirada seria.

—Detective Taylor, hemos encontrado algunas cosas preocupantes durante la autopsia —comenzó la doctora, mirando los documentos—. La causa de la muerte parece ser un traumatismo en la cabeza, pero también hay signos de lucha. Algo no cuadra.

Mia sintió un escalofrío recorrer su columna.

—¿Signos de abuso sexual? —preguntó, aunque ya lo temía.

La doctora Lane asintió, su rostro sombrío.

—Hay indicios de que Emily fue atacada antes de su muerte. Estamos analizando más pruebas, pero la situación es delicada. Necesitamos actuar con rapidez.

La tensión en el aire se podía cortar con un cuchillo. Mia sintió que la presión aumentaba. La conexión entre el caso de Emily y su trabajo se volvía cada vez más evidente, y el posible culpable parecía más cerca de lo que había imaginado.

La urgencia por resolver el caso creció, y con cada pista que seguía, la sombra de la corrupción se alzaba sobre ella. Sabía que debía actuar rápido, pero también entendía que cada decisión podría llevarla más allá de lo que había anticipado. La lucha no solo era por justicia, sino por la verdad oculta tras las sombras.

Con una determinación renovada, Mia se adentró en el laberinto de secretos y mentiras. La llamada a la acción no solo había comenzado; estaba a punto de convertirse en una batalla a vida o muerte.

Capítulo 4: Primeros Sospechosos

La mañana se presentó gris y nublada cuando Mia Taylor llegó a la oficina de la firma de abogados donde trabajaba Emily Dawson. Con cada paso que daba, la sensación de urgencia crecía. Había un oscuro halo de inquietud en el aire, y sabía que cada conversación podría ser un paso más hacia la verdad.

Al entrar, Mia se dirigió directamente a la sala de conferencias. Una larga mesa de madera pulida ocupaba el centro, y las sillas estaban desordenadas, como si cada abogado hubiera dejado su puesto apresuradamente. En el extremo de la mesa, una pantalla proyectaba el logo de la firma, un recordatorio del peso que llevaba la reputación de aquel lugar.

Mark Harrington, el colega de Emily que había estado en la primera reunión, la esperó. Su rostro mostraba signos de preocupación.

—Detective Taylor, gracias por venir de nuevo. La mayoría de nosotros estábamos en estado de shock cuando ocurrió. No puedo creer que haya pasado esto —dijo Mark, sus manos entrelazadas en la mesa.

Mia lo observó. Su tono era genuino, pero había algo en su mirada que despertaba dudas.

—Necesito que me hables de Emily, de su vida aquí, y de cualquier sospecha que pudieran tener sobre su muerte. Es crucial para la investigación —respondió Mia, con firmeza.

—Por supuesto —asintió Mark—. Emily era muy querida aquí. Se dedicaba a su trabajo con pasión. Pero en los últimos meses, había estado lidiando con un caso particularmente complicado. Se volvió un poco más reservada.

—¿Por qué? ¿Te refieres a un caso específico? —preguntó Mia, tomando nota.

—Sí, el caso de una joven llamada Michelle. Ella había sido víctima de abuso sexual y estaba tratando de llevar a juicio a un empresario local. Emily sentía que la vida de Michelle estaba en peligro por lo que había denunciado. La presión que enfrentaba era inmensa —explicó Mark, su voz temblando ligeramente.

Mia sintió un escalofrío. Esa conexión podría ser el hilo que la llevara a la verdad.

—¿Y quién era ese empresario? —preguntó, mirando fijamente a Mark.

—Andrew Cole. Un tipo influyente y poderoso. Emily sospechaba que él tenía amigos en lugares altos que podían ayudarlo a evadir las consecuencias —respondió Mark, mirando hacia el suelo.

Mia anotó el nombre y continuó con su interrogatorio.

—¿Tuviste alguna conversación con Emily sobre sus temores? ¿Mencionó haber recibido amenazas? —preguntó, buscando detalles que pudieran arrojar luz sobre la situación.

—No directamente. Pero a menudo comentaba sobre lo difícil que era luchar contra esos hombres. Sentía que los recursos estaban en su contra —dijo Mark, y una sombra cruzó su rostro.

Mia se tomó un momento para reflexionar sobre lo que había escuchado. Esa joven, Michelle, y su relación con Emily podían ser la clave. Era hora de hablar con los otros compañeros de trabajo.

Después de unas horas, Mia logró hablar con varios abogados. Cada uno de ellos compartió anécdotas sobre Emily, pero también emergieron patrones inquietantes. Un par de colegas mencionaron que había un grupo de hombres en la firma que solía hacer comentarios despectivos sobre las víctimas de abuso, algo que Emily solía desafiar abiertamente.

Una de las abogadas, Karen Miller, la recibió en su oficina. Su mirada era intensa, como si estuviera luchando contra la idea de hablar.

—Detective, no sé si esto sea relevante, pero a veces Emily mencionaba lo incómoda que se sentía aquí. Había un grupo de hombres, amigos de Andrew, que hacían comentarios inapropiados. Emily nunca se quedó callada al respecto —dijo Karen, su voz baja.

Mia frunció el ceño. Las dinámicas de poder y abuso de confianza estaban comenzando a formar un cuadro más oscuro.

—¿Y crees que eso pudo haber tenido algo que ver con su muerte? —preguntó, notando el cambio en el ambiente.

—Es posible. La última vez que hablé con ella estaba realmente preocupada. Decía que sentía que alguien la estaba observando —respondió Karen, y un escalofrío recorrió la columna de Mia.

—Gracias por tu honestidad, Karen. Necesito saber si conoces a alguien que pueda tener más información sobre el caso de Michelle —dijo Mia, sintiendo la urgencia crecer.

—La madre de Michelle podría ayudarte. Ella ha estado muy activa en la búsqueda de justicia para su hija y es amiga cercana de Emily —respondió Karen, su mirada se volvía sombría.

Mia se despidió y se dirigió hacia la dirección de la madre de Michelle. La mujer podía ofrecerle respuestas que de otro modo se quedarían ocultas.

Mientras conducía por las calles de Boston, el cielo se oscurecía y la lluvia comenzó a caer, dándole un aire melancólico a la ciudad. El encuentro con la madre de Michelle podría ser la clave que le permitiría entrar en el corazón del asunto.

Al llegar a una pequeña casa en un vecindario tranquilo, Mia se detuvo y tocó el timbre. Después de unos momentos, una mujer de mediana edad, con ojos cansados pero decididos, abrió la puerta.

—¿Eres la madre de Michelle? —preguntó Mia, presentándose rápidamente.

—Sí, soy. ¿Qué ha pasado? ¿Ha encontrado algo sobre mi hija? —respondió la mujer, su voz temblando.

Mia tomó una respiración profunda antes de responder.

—Soy la detective Mia Taylor. Estoy investigando la muerte de Emily Dawson. Creo que su caso está conectado con lo que le ocurrió a Michelle —dijo, observando la reacción de la mujer.

La madre de Michelle palideció, sus manos temblaban al aferrarse al marco de la puerta.

—Emily... Ella era una gran defensora. Habló con nosotras y nos dio esperanza —dijo, sus ojos llenos de lágrimas—. Pero había algo oscuro en su entorno. ¿No fue un accidente, verdad?

—No lo sabemos todavía, pero hay razones para creer que su muerte no fue natural. Necesito que me hables de Michelle, de sus experiencias y cualquier cosa que creas que pueda ayudar —insistió Mia.

La mujer asintió lentamente, invitando a Mia a entrar. El interior de la casa era sencillo, decorado con fotos familiares que reflejaban momentos felices, pero la tristeza que envolvía el lugar era palpable.

—Michelle fue violada por Andrew Cole —comenzó la madre, su voz quebrándose—. Lo mantuvimos en secreto por mucho tiempo. Ella no quería que se conociera. Andrew tenía poder, y sabíamos que si hablábamos, él podría arruinar nuestras vidas.

Mia escuchaba con atención, anotando cada detalle.

—¿Por qué decidieron buscar justicia? —preguntó, sintiendo que cada respuesta podía acercarla a la verdad.

—Porque Emily nos dio valor. Nos ayudó a ver que no estábamos solas. Ella luchó por Michelle con todas sus fuerzas, pero Andrew tiene amigos poderosos. Tenía miedo de que le pasara algo a Emily. Le había advertido que tuviera cuidado, pero no sé si ella me escuchó —respondió la madre, sus lágrimas fluyendo libremente.

Mia sintió un nudo en la garganta. La historia de Michelle y su madre resonaba con el mismo miedo que Emily había enfrentado. La conexión se volvía más clara.

—¿Conocías a otros que pudieran haber amenazado a Emily? —preguntó, manteniendo la mirada firme.

—No, pero siempre había rumores sobre Andrew y su círculo. Ellos protegen a los suyos, no tienen límites —dijo, su voz temblando.

Mientras la madre hablaba, la verdad se desvelaba ante los ojos de Mia. Andrew Cole no solo era un empresario influyente; era un depredador que había dejado una estela de dolor a su paso.

Al salir de la casa, la lluvia se había intensificado, empapando su abrigo. Cada gota parecía simbolizar la tristeza y el dolor de aquellas mujeres que habían sufrido. La conexión entre Emily y Michelle se volvía inquebrantable, y Mia sabía que su siguiente paso sería crucial.

Volvió a la estación, su mente zumbando con la información recopilada. Cada conversación había añadido una pieza al rompecabezas, pero la imagen seguía siendo confusa. Andrew Cole era un nombre recurrente, pero había otros sospechosos en la sombra.

Mia se sentó frente a su escritorio, revisando las notas que había tomado. Los hilos de la verdad estaban tejidos con cuidado, pero también había peligros inminentes. Su determinación creció, sabiendo que debía llegar al fondo de esta historia.

—No me detendré hasta descubrir la verdad, Emily —murmuró, enfocando su atención en la pantalla de la computadora, donde la información sobre Andrew Cole la esperaba. La búsqueda de la justicia apenas comenzaba, y estaba decidida a seguir cada pista, incluso si eso significaba enfrentar su propio miedo.

Capítulo 5: Conexiones Peligrosas

Mia se sentó frente a su computadora en la estación de policía, sumergida en documentos, informes y correos electrónicos relacionados con Emily. Su mente no dejaba de trabajar; cada palabra escrita por la abogada parecía contener pistas ocultas. Mientras revisaba los archivos, un nombre comenzó a aparecer repetidamente: Robert White, un político influyente en Boston.

Con la sospecha de que White podría estar involucrado en algo más que simplemente la política, Mia comenzó a indagar más sobre él. En las noticias, se lo presentaba como un defensor de los derechos de las víctimas, pero las palabras de la madre de Michelle resonaban en su mente: los hombres poderosos siempre tenían amigos que podían protegerlos.

Mientras navegaba por una serie de artículos, Mia se detuvo en un reportaje que describía la última campaña de White. Se le mencionaba un programa que supuestamente ayudaba a las víctimas de abuso sexual. Sin embargo, al leer entre líneas, notó que su financiamiento provenía de una serie de donaciones de empresas que habían sido señaladas por estar relacionadas con actividades poco claras, incluidos vínculos con la mafia local. Esa revelación hizo que la piel de Mia se erizara.

Decidida a conocer más, Mia decidió buscar a un periodista que había cubierto el caso de Robert White. El nombre de David Chen apareció en varias notas, describiéndolo como un reportero con un historial de destapar escándalos. Tras una breve investigación, logró encontrar su número y lo llamó.

—¿David Chen? Soy la detective Mia Taylor —se presentó cuando el hombre contestó.

—Hola, detective. ¿En qué puedo ayudarle? —respondió David con un tono curioso.

—Estoy investigando la muerte de Emily Dawson y creo que puede haber conexiones con Robert White. He visto su nombre mencionado en varios reportajes. ¿Podría reunirse conmigo? —preguntó Mia, sintiendo que el tiempo apremiaba.

—Claro, pero necesito un café. La verdad sobre White no es fácil de tragar —respondió David, y acordaron encontrarse en una cafetería cercana.

Poco después, en un lugar con un ambiente cálido y acogedor, Mia se sentó frente a David, quien parecía concentrado. Su mirada era aguda, y había un aire de cautela a su alrededor.

—He leído tu trabajo, David. Tienes un buen ojo para las conexiones —dijo Mia, buscando establecer un rapport.

—Gracias, pero la mayoría de la gente ignora las señales. White ha estado en el centro de varias controversias, y su imagen pública ha sido cuidadosamente gestionada. Pero he encontrado cosas que no se mencionan en los medios —respondió David, bajando la voz.

Mia se inclinó hacia adelante, la atención en su rostro.

—¿Qué has descubierto? —preguntó, ansiosa.

—Primero, su financiamiento. Muchas de las empresas que le donan han sido acusadas de tener vínculos con la mafia. Hay rumores sobre extorsiones y manipulación, pero la evidencia es difícil de obtener. Todo está muy bien encubierto —explicó David, y la preocupación en su rostro era evidente.

Mia frunció el ceño, sintiendo cómo los hilos de la corrupción comenzaban a entrelazarse en su mente.

—¿Y qué hay de su relación con Emily? ¿Sabes si ella lo investigaba? —preguntó, consciente de que cada respuesta podía abrir una puerta a la verdad.

—Ella fue más que una simple abogada. Emily estaba armando un caso sólido contra él, algo que podría destrozar su carrera. Pero cuando el tema se hizo más oscuro, ella empezó a preocuparse. Me habló de ello en una reunión hace meses, diciendo que sentía que su vida estaba en peligro —respondió David, y el miedo se podía sentir en su voz.

Mia sintió un escalofrío recorrer su columna. Las palabras de David resonaban con la idea de que Emily había estado en el centro de una tormenta, luchando contra enemigos que no mostraban piedad.

—¿Tienes alguna evidencia que pueda ayudarme? —preguntó, sintiendo la urgencia de cada palabra.

—He estado tratando de seguir el rastro del dinero. Hay una cuenta de fondos que conecta a White con algunas transacciones sospechosas. Pero necesito más tiempo para juntar todo. Es peligroso. Hay ojos en todas partes, y aquellos que se atreven a cuestionarlo han desaparecido —dijo David, su mirada ahora fija en la puerta de la cafetería.

Mia sintió el peso de sus palabras. La mafia y la política se entrelazaban en una red peligrosa, y Emily había estado en el centro de todo.

—David, si tienes algo, debes compartírmelo. Cada pista cuenta —insistió Mia, su voz casi un susurro.

En ese momento, un hombre con un abrigo largo entró en la cafetería, y la atención de David se centró en él.

—Mia, creo que debemos irnos. Eso no pinta bien —dijo David, levantándose rápidamente.

Antes de que Mia pudiera preguntar, David ya estaba saliendo del establecimiento. La alarma comenzó a sonar en su cabeza. Sin pensarlo, siguió al periodista, el miedo palpable en el aire.

Una vez fuera, el hombre del abrigo parecía haber desaparecido en la multitud, pero Mia podía sentir que había estado observando. La sensación de peligro se intensificó.

—¿Está seguro de que no nos están siguiendo? —preguntó Mia, tratando de controlar su respiración.

—No lo sé, pero esta es la parte más peligrosa. Si White está involucrado, no dudará en actuar. Su reputación está en juego —respondió David, y la seriedad de sus palabras la hizo estremecer.

—¿Qué hacemos ahora? —preguntó, buscando una manera de avanzar.

—Necesito seguir investigando. Voy a reunir toda la información que pueda. Pero debes tener cuidado. Hay más en juego de lo que parece —dijo David, su mirada seria.

Antes de separarse, David le entregó a Mia un pequeño USB.

—Esto contiene información sobre las donaciones a la campaña de White y algunas transacciones sospechosas. Cuídalo. Si algo te sucede, que esto llegue a las manos adecuadas —dijo, y Mia asintió, sintiendo el peso de su misión.

Mia regresó a la estación, el corazón latiendo con fuerza. La conexión entre Robert White y la mafia era más sólida de lo que había imaginado. Su mente trabajaba rápidamente; cada pieza del rompecabezas parecía encajar, pero la imagen final aún era confusa.

Al llegar, decidió que lo primero sería revisar la información del USB. Mientras se sentaba frente a su computadora, la luz parpadeante del monitor iluminó su rostro. La noche había caído, y la oscuridad parecía reflejar la sombra que se cernía sobre su investigación.

Conectó el dispositivo y comenzó a revisar los archivos. Cada documento parecía confirmar sus peores sospechas. White no solo era un político; era un hombre que había estado jugando con vidas humanas, manipulando a aquellos que estaban en su camino.

A medida que Mia leía los informes sobre las donaciones y las conexiones con la mafia, su mente comenzó a formular un plan. Necesitaba abordar a aquellos que pudieran estar al tanto de las acciones de White y descubrir cómo la mafia había influido en sus decisiones.

La noche se alargó mientras Mia continuaba su investigación. Cada clic del teclado resonaba en la habitación silenciosa, y cada documento parecía llevarla un paso más cerca de la verdad. Pero también sentía que estaba cada vez más en peligro, y eso solo intensificó su determinación.

Al final de la noche, Mia cerró su computadora, sabiendo que el tiempo era esencial. La corrupción estaba profundamente arraigada, y cada hora contaba. Sus próximos movimientos debían ser estratégicos y rápidos.

Estaba claro que Emily había estado luchando en un campo de batalla solitario, y ahora Mia se encontraba en una posición similar. La búsqueda de justicia no solo implicaba resolver el asesinato de una abogada valiente, sino también destapar una red de corrupción que amenazaba con consumir a aquellos que se atrevían a desafiarla.

Con un suspiro, Mia se preparó para salir de la oficina. Era hora de hablar con más testigos, de juntar las piezas que faltaban y de hacer que aquellos que estaban en la sombra salieran a la luz. La lucha apenas había comenzado, y estaba decidida a seguir adelante, sin importar el costo.

Capítulo 6: El Grupo de Activistas

Mia llegó a un pequeño café en el barrio de Jamaica Plain, un lugar conocido por ser un punto de encuentro para activistas y defensores de los derechos. La atmósfera era vibrante, llena de conversaciones apasionadas y risas, pero había una sombra de seriedad en el aire. La reunión de aquella noche prometía ser crucial. Mia se había puesto en contacto con Sarah Black, una activista que había trabajado estrechamente con Emily Dawson y quien había prometido ofrecer información valiosa sobre el trabajo de la abogada.

Sarah llegó poco después, con su cabello rizado recogido en un moño deshecho y una chaqueta de mezclilla que le daba un aire de determinación. Se sentó frente a Mia, su mirada seria pero también cálida.

—Gracias por reunirte conmigo —dijo Mia, sintiendo que su propia ansiedad se reflejaba en la expresión de Sarah.

—No hay problema, pero necesito que sepas que esto es delicado. Emily era más que una abogada; era una guerrera. Luchaba por las víctimas que no podían luchar por sí mismas —comenzó Sarah, y el tono de su voz dejó claro que había mucho en juego.

Mia tomó un sorbo de su café mientras Sarah continuaba.

—Ella tenía un grupo de apoyo. Nos reuníamos regularmente para hablar sobre casos y compartir experiencias. Emily estaba documentando los abusos que las mujeres habían sufrido en nuestra comunidad, pero había algo más. Ella había descubierto un patrón oscuro —dijo Sarah, inclinándose hacia adelante, como si temiera que alguien pudiera escuchar.

—¿Qué tipo de patrón? —preguntó Mia, intrigada.

—Algunos de los casos de abuso estaban relacionados con hombres influyentes en la ciudad. Emily creía que había una conexión más profunda, algo que implicaba no solo a individuos, sino a una red de poder que protegía a los abusadores —respondió Sarah, su voz cargada de emoción.

La revelación resonó en la mente de Mia. Cada palabra de Sarah se entrelazaba con la información que ya había reunido sobre Robert White.

—¿Hay alguna evidencia de eso? —preguntó, sintiendo que cada respuesta la acercaba a la verdad.

—Sí, pero no es fácil de obtener. Emily había recopilado testimonios y documentos, pero había comenzado a sentir que estaba en peligro. A veces mencionaba que había alguien que la seguía, que se sentía observada. En nuestra última reunión, estaba más preocupada que nunca —explicó Sarah, con los ojos llenos de preocupación.

—¿Y qué pasó después de eso? —insistió Mia, sintiendo que el misterio de la muerte de Emily se oscurecía aún más.

—La semana antes de su muerte, Emily se reunió con un par de víctimas que habían decidido hablar. Nos dijo que había conseguido que una de ellas hablara en un evento de apoyo. Quería hacer pública su historia, pero no tuvimos tiempo de organizarlo. La noche de su asesinato, ella estaba muy agitada. Dijo que había encontrado algo grande, algo que podía desatar una tormenta —narró Sarah, y su voz tembló al recordar.

Mia sintió un escalofrío recorrerle la espalda. La idea de que Emily había estado tan cerca de descubrir algo tan profundo y oscuro la inquietó.

—¿Quiénes eran esas víctimas? ¿Pudiste hablar con ellas? —preguntó, sabiendo que cada pequeño detalle podía ser crucial.

—Una de ellas se llama Lisa. Ha pasado por mucho y no sé si está lista para hablar. Tiene miedo. Te recomiendo que la busques, pero debes tener cuidado. Emily siempre decía que las personas que se metían con la mafia o los políticos nunca volvían a aparecer —advirtió Sarah, su voz firme.

Mia asintió, reconociendo el peligro que rodeaba a cada uno de los involucrados. La mafia y la corrupción eran tentáculos que parecían extenderse por toda la ciudad, protegiendo a aquellos que estaban en el poder.

—¿Qué más puedes contarme sobre Emily? ¿Alguna otra cosa que creas que debería saber? —preguntó, sintiendo que se adentraba en un territorio cada vez más peligroso.

—Emily estaba muy enfocada en su trabajo, pero también tenía un lado vulnerable. Le preocupaba mucho la falta de apoyo para las víctimas. Sentía que muchos casos se cerraban sin justicia. La gente olvidaba las historias detrás de los números, y eso la afectaba —respondió Sarah, su expresión llena de nostalgia.

El grupo de activistas se había convertido en un refugio para Emily, un lugar donde podía compartir sus miedos y esperanzas. Pero esa vulnerabilidad también la había hecho un blanco.

—¿Cómo puedo contactar a Lisa? —preguntó Mia, sintiendo que la conversación se estaba acercando a un punto crítico.

Sarah tomó un respiro profundo antes de responder.

—Lisa suele estar en la biblioteca pública de la ciudad, donde a veces se reúnen las víctimas. Si la buscas, deberías intentar hablarle con suavidad. Tiene mucho miedo de hablar —dijo Sarah, mirando a Mia con un aire de advertencia.

Mia sintió la urgencia de actuar. El tiempo corría, y cada minuto que pasaba sin hablar con Lisa podía significar perder una pista importante.

—¿Crees que podrías acompañarme? —sugirió Mia, sintiendo que la presencia de Sarah podría hacer que Lisa se sintiera más segura.

Sarah dudó, pero finalmente asintió.

—Sí, haré lo que pueda. Pero debes tener cuidado. La mafia no perdona, y ellos no se detendrán ante nada para proteger sus secretos —advirtió, su voz grave.

Ambas mujeres se despidieron y acordaron encontrarse al día siguiente en la biblioteca. Mientras Mia caminaba hacia su auto, sentía el peso de la misión que se avecinaba. La conexión entre Emily, la mafia y Robert White comenzaba a tejerse con más claridad, pero también más peligrosamente.

La noche llegó y con ella la sensación de que estaba siendo observada. Mia se dio cuenta de que los oscuros secretos que había desenterrado estaban más cerca de lo que había imaginado. La ciudad de Boston, con su fachada vibrante y llena de vida, escondía un lado tenebroso, uno que podía cobrarle la vida a cualquier persona que se atreviera a buscar la verdad.

Mientras conducía hacia su hogar, su mente no podía dejar de pensar en las palabras de Sarah. Cada paso que daba la acercaba más a la verdad, pero también al peligro. La investigación de Emily se había convertido en su propia lucha por la justicia, y estaba decidida a no dar un paso atrás.

Mia sabía que la próxima vez que se encontrara con Lisa, el riesgo sería alto. Sin embargo, también comprendía que el silencio nunca había protegido a las víctimas. Tenía que hacer lo que fuera necesario para garantizar que las voces de aquellos que habían sufrido finalmente fueran escuchadas. La muerte de Emily no podría ser en vano.

Capítulo 7: Revelaciones y Sorpresas

El día siguiente llegó más rápido de lo que Mia había anticipado. Se encontraba en la biblioteca pública de Boston, su corazón latía con fuerza mientras observaba el movimiento de las personas que paseaban entre las estanterías repletas de libros. La gran cúpula de cristal dejaba entrar una luz brillante que contrastaba con la atmósfera tensa que ella sentía. La reunión con Lisa la llenaba de ansiedad, pero también de determinación.

Sarah llegó puntual, su expresión seria reflejaba el peso de lo que estaba por venir. Se acercó a Mia y le dio un ligero apretón en el hombro.

—¿Estás lista? —preguntó Sarah, mientras ambas se dirigían hacia un rincón más apartado de la biblioteca, donde la conversación podría ser más privada.

—No lo sé. Estoy nerviosa. Lo que pueda decir Lisa podría cambiar todo —respondió Mia, su voz apenas un susurro.

—Recuerda, solo escucha. A veces, el silencio puede ser más poderoso que las palabras —recomendó Sarah, mirándola a los ojos con intensidad.

Finalmente, se sentaron en una mesa en el área de lectura, y poco después, Lisa apareció. Su cabello castaño estaba desordenado, y sus ojos mostraban signos de fatiga. Se sentó frente a ellas, su nerviosismo palpable.

—Gracias por venir —dijo Mia, tratando de infundir confianza en la situación.

—No sé si esto es una buena idea... —comenzó Lisa, y su voz temblaba.

—Estamos aquí para ayudarte, Lisa. Solo queremos escuchar tu historia —interrumpió Sarah, con una calidez que parecía romper un poco el hielo.

Después de un par de minutos de silencio tenso, Lisa empezó a hablar. Sus palabras eran fragmentadas, como si estuviera tratando de armar un rompecabezas que se había desmoronado. Relató cómo había sido víctima de abuso por parte de un hombre influyente de la comunidad, alguien que tenía poder y recursos. Mia sintió que cada palabra caía como un ladrillo en su corazón.

—Nadie me creyó cuando hablé. La gente pensaba que solo buscaba atención. Pero yo... yo solo quería justicia —dijo Lisa, con lágrimas en los ojos.

Mia se dio cuenta de que esta conversación era más que una simple entrevista; era un testimonio desgarrador de lo que significaba ser una víctima en un mundo que a menudo ignoraba su sufrimiento. Lisa compartió detalles sobre cómo Emily había sido su única defensora, la única que había creído en su historia.

—Ella siempre decía que no estaba sola, que debíamos luchar juntas —recordó Lisa, su voz se volvió más fuerte.

Fue en ese momento que Sarah tomó la palabra.

—Mia, hay algo que necesitas saber —dijo, su voz temblaba de emoción—. Emily había recibido amenazas antes de su muerte. Nos lo había contado, pero no le dimos la importancia que merecía. Ella decía que la habían estado siguiendo, que la advertían sobre lo que estaba investigando.

Mia sintió que el aire se le escapaba de los pulmones. Esa nueva información encajaba con las piezas del rompecabezas que había estado armando. La muerte de Emily no había sido solo un accidente; había sido un asesinato calculado.

—¿Qué tipo de amenazas? —preguntó Mia, ahora completamente enfocada en la historia de Lisa.

—Una noche, Emily recibió un mensaje anónimo. Dijo que tenía que dejar de investigar o podría enfrentarse a consecuencias. Me lo mostró. Estaba realmente asustada —respondió Lisa, mirando a Sarah.

—Pero nunca nos detuvimos. Nunca —agregó Sarah, con voz firme—. Estábamos decididas a ayudar a las víctimas y a que la verdad saliera a la luz. Emily no iba a retroceder, y por eso... bueno, ya sabes lo que sucedió.

Mia sintió una oleada de ira y tristeza. La valentía de Emily se había convertido en su perdición, y eso la llenó de una profunda inquietud.

—¿Quién crees que estaba detrás de las amenazas? —preguntó, tratando de obtener más información.

—No sé... podría haber sido cualquiera. La mafia, políticos corruptos... el miedo se esparció rápidamente entre nosotras. Emily sabía que estaba tocando un tema delicado, pero se mantuvo firme —respondió Lisa, y su expresión se volvió sombría.

Las tres mujeres compartieron un silencio pesado. Mia sabía que debía hacer algo. Las palabras de Lisa resonaban en su mente, y sentía que el tiempo se estaba acabando.

—Debemos ir a la policía. Debemos asegurarnos de que la muerte de Emily no quede sin respuesta —dijo Mia con determinación.

—No puedo. No después de lo que pasó —contestó Lisa, su voz era un susurro quebrado.

—Tienes que hacerlo. La única forma de combatir este miedo es enfrentándolo. Emily lo haría, y tú también deberías hacerlo —exclamó Sarah, y su pasión era contagiosa.

—Pero hay poderosas fuerzas en juego. No entienden lo que hay en juego para ellas. No puedo arriesgarme —respondió Lisa, su voz se apagó.

Mia se sintió impotente. La lucha por la justicia era tan real, pero la sombra del miedo siempre acechaba.

—Escucha, Lisa —dijo Mia, suavizando su tono—. Si no hablamos, si no llevamos esto a la luz, entonces la muerte de Emily no tendrá sentido. Ella luchó para que las voces de las víctimas fueran escuchadas. Debemos honrar su memoria.

Lisa miró a Mia con una mezcla de miedo y determinación. Finalmente, con lágrimas en los ojos, asintió lentamente.

—Haré lo que pueda. Solo necesito un poco más de tiempo —dijo, y su voz ahora estaba teñida de resolución.

Mientras se levantaban, la atmósfera se sentía más pesada que antes. Las palabras de Lisa flotaban en el aire, y Mia comprendía que cada historia contada era un paso más hacia la verdad.

—Gracias, Lisa. Sabes que no estás sola. Esto es solo el principio —dijo Mia mientras se preparaban para salir de la biblioteca.

Las tres mujeres intercambiaron miradas de comprensión, y Mia sintió que había forjado un vínculo más allá de lo profesional. Cada una de ellas llevaba consigo un peso, pero también una chispa de esperanza. A medida que se alejaban de la biblioteca, Mia sabía que la lucha por la justicia estaba lejos de terminar. En su interior, la determinación ardía más intensamente que nunca.

El camino hacia la verdad sería largo y complicado, pero Mia estaba lista para enfrentarlo. Emily merecía justicia, y Mia estaba decidida a no dejar que su sacrificio fuera en vano. Mientras se adentraban en la peligrosa noche de

Boston, la ciudad se sentía como un laberinto, lleno de sombras y secretos, donde cada esquina podría revelar la verdad o el peligro inminente.

Capítulo 8: Un Nuevo Asesinato

La lluvia caía intensamente sobre las calles de Boston, cada gota resonando en el pavimento como un eco de las preocupaciones que se agolpaban en la mente de Mia. La oscuridad de la noche parecía envolver la ciudad, ocultando secretos que estaban a punto de salir a la luz. La detective se encontraba en su oficina, revisando notas y testimonios sobre Emily y el grupo de activistas, cuando su teléfono sonó. El sonido agudo la sacó de su concentración.

—¿Taylor? —respondió, con una mezcla de ansiedad y expectativa.

—Mia, tenemos un problema. Acaban de encontrar otro cuerpo —dijo el teniente Harris, su voz grave y seria.

El corazón de Mia se hundió. Sabía que el horror nunca parecía estar demasiado lejos en su trabajo, pero otro asesinato la llenaba de un terror frío.

—¿Dónde? —preguntó rápidamente.

—En un callejón detrás del Centro de Ayuda a Víctimas. Es... es una de las activistas. Su nombre es Jessica Reed.

La noticia la golpeó como un martillo. Jessica había estado muy activa en las manifestaciones y las reuniones del grupo de Sarah. Mia cerró los ojos un momento, sintiendo la presión sobre sus hombros.

—Estoy en camino —respondió, ya dejando su oficina sin mirar atrás.

Mientras conducía hacia el lugar del hallazgo, su mente repasaba lo poco que sabía sobre Jessica. Era una mujer apasionada, siempre dispuesta a luchar por la causa, su voz resonando entre los demás. Pero ahora, esa voz había sido silenciada de forma brutal.

El Centro de Ayuda a Víctimas estaba iluminado por luces intermitentes de la policía cuando Mia llegó. La escena era caótica; varios oficiales se movían con rapidez, y el aire estaba impregnado de una mezcla de miedo y determinación. Un grupo de activistas se había congregado en la acera opuesta, murmurando en un tono bajo, sus rostros reflejando la desesperación.

Mia se acercó al lugar donde se encontraba el cuerpo. La imagen era impactante. Jessica yacía en el suelo, su rostro pálido y sin vida. La lluvia mezclaba sus lágrimas con el agua que corría, creando un torrente oscuro alrededor de su figura. Mia sintió una oleada de tristeza y rabia, una indignación que le erizó la piel.

—¿Qué sabemos? —preguntó a uno de los oficiales que se encontraba allí.

—Al parecer, Jessica fue atacada anoche. Nadie la vio salir del centro. La encontraron aquí poco después de la medianoche —respondió el oficial, mirando a Mia con seriedad.

Las luces de los vehículos de la policía brillaban sobre la escena, revelando detalles inquietantes. El vestido de Jessica estaba rasgado, lo que sugería un enfrentamiento violento. Mia se agachó para examinar más de cerca, notando un pequeño símbolo en su muñeca, un emblema que era familiar. Era el logotipo de una organización de defensa de víctimas.

Mientras revisaba la escena, Sarah apareció, sus ojos desbordando temor y confusión.

—¡Mia! —gritó, corriendo hacia ella—. ¿Qué ha pasado?

Mia se levantó, tratando de mantener la calma.

—Jessica fue asesinada. Acaban de encontrar su cuerpo.

La noticia cayó como un balde de agua fría. Sarah retrocedió un paso, su expresión se volvió sombría.

—No... no puede ser. Estaba tan involucrada, tan dedicada. —Las lágrimas comenzaron a llenar sus ojos, mientras su voz temblaba de angustia.

Mia se sintió impotente ante el dolor de Sarah.

—Esto no es un accidente, Sarah. Parece que el asesino está apuntando a las mujeres que están luchando contra el abuso. —Sus palabras resonaban con una gravedad que dejaba poco lugar a la esperanza.

—¿Quién haría algo así? —preguntó Sarah, su voz casi un susurro.

—Alguien que quiere silenciar a las voces de la verdad. Necesitamos actuar rápido. —Mia sintió una urgencia que la empujaba a seguir adelante.

Mientras se adentraban en la investigación, Mia se dio cuenta de que las conexiones entre las víctimas no eran simples coincidencias. Ambas habían estado involucradas en la lucha contra el abuso sexual, y esa relación se tornaba más inquietante con cada revelación.

La noche pasó lentamente, mientras Mia y su equipo trabajaban para recolectar evidencias y testimonios. Entre las sombras del callejón, el viento parecía murmurar secretos, y cada rincón escondía la posibilidad de más revelaciones. Las activistas se habían dispersado, algunas sollozando en silencio, otras uniendo sus fuerzas, creando una atmósfera cargada de ira y tristeza.

Finalmente, Mia se reunió con el capitán Moore, quien había llegado al lugar de los hechos.

—Esto no puede continuar, Mia. Necesitamos aumentar la seguridad de las activistas, especialmente de aquellas que están más involucradas. La atención mediática es un arma de doble filo. Esto podría escalar —dijo Moore, su rostro sombrío.

Mia asintió, consciente de que las palabras de su superior llevaban un peso considerable.

—Estoy en eso. Voy a hablar con Sarah y el grupo. Necesitan saber que están en peligro —respondió.

La idea de que el asesino podría estar acechando a las activistas la mantenía alerta. Sabía que el miedo podía paralizar a las personas, y no podía permitirse que eso sucediera.

Con el sol comenzando a asomarse en el horizonte, Mia se sintió decidida a encontrar respuestas. La lucha contra el abuso sexual no solo era un trabajo, era una misión, y Jessica no debía ser la última víctima. Con la determinación renovada, se dirigió a la reunión de las activistas.

Al llegar, se encontró con un grupo de mujeres que discutían, sus rostros marcados por la angustia y la incertidumbre. Mia respiró hondo y se preparó para compartir la noticia.

—Chicas, necesito que me escuchen. Jessica fue asesinada anoche —comenzó, y el murmullo se desvaneció en un silencio absoluto—. Esto significa que estamos en peligro. Debemos ser cautelosas, y necesito que cada una de ustedes se mantenga alerta.

El miedo se apoderó de la sala, y Mia pudo ver cómo la ansiedad se reflejaba en los ojos de las mujeres. Sin embargo, también notó una chispa de determinación.

—No vamos a dejar que nos silencien. Jessica luchó hasta el final, y debemos honrar su memoria —dijo Sarah, levantando la voz, mientras el grupo asentía.

A medida que la discusión se intensificaba, Mia sintió que el fuego de la lucha por la justicia se encendía entre ellas.

Sin embargo, en su interior, la detective sabía que el camino por delante sería oscuro. La conexión entre los asesinatos de Emily y Jessica se volvía más clara, pero también más aterradora. La corrupción, el miedo y la mafia estaban en juego, y lo que antes había sido un caso de abuso se había convertido en una compleja red de conspiraciones que amenazaba a todos los que se atrevían a desafiarla.

El cielo se oscureció una vez más cuando las nubes se reunieron, presagiando que la tormenta estaba lejos de terminar. Mientras las activistas se unían en una manifestación de fuerza, Mia sabía que no había vuelta atrás. Estaba dispuesta a luchar por la verdad, a enfrentar los peligros que acechaban en las sombras. La vida de Jessica había sido truncada, pero su legado sería el combustible que las impulsaría hacia adelante.

Capítulo 9: Conexiones entre las Víctimas

Mia miraba las imágenes de Emily y Jessica, sus rostros iluminados por la luz tenue de su oficina. Ambas mujeres habían dedicado sus vidas a ayudar a quienes habían sido víctimas de abuso. Sin embargo, el destino les había deparado un final trágico y violento. Los corazones de sus seres queridos estaban destrozados, y la lucha por justicia parecía cada vez más lejana.

Una tarde, mientras revisaba los archivos del refugio para sobrevivientes de abuso, la detective Mia Taylor encontró un vínculo clave. Emily y Jessica habían estado involucradas en un programa de apoyo para mujeres que habían sido víctimas de violencia sexual. El refugio, denominado "Renacer", se había convertido en un santuario para aquellas que buscaban ayuda y sanación. Sin embargo, a medida que profundizaba en la información, Mia se dio cuenta de que el refugio también tenía sus secretos oscuros.

En el refugio, la mayoría de las mujeres habían llegado con historias desgarradoras. Aquellas que lograban encontrar su voz eran las más valientes, pero la realidad era que muchas volvían a quedar atrapadas en un sistema que las fallaba repetidamente. Mia recordaba su propia experiencia como oficial de policía, lidiando con un sistema judicial que a menudo era lento y reacio a creer en las mujeres que denunciaban el abuso. El dolor de esas experiencias se reflejaba en los ojos de cada mujer que había encontrado refugio en "Renacer".

Decidida a obtener más información, Mia contactó a la directora del refugio, la señora Evelyn Johnson. Cuando llegó al edificio, sintió una mezcla de nerviosismo y determinación. La señora Johnson era conocida por su fortaleza, pero también había escuchado rumores de que el refugio había estado enfrentando problemas financieros y presiones externas.

Al entrar, la calidez del refugio contrastaba con el clima gélido que azotaba la ciudad. Las paredes estaban adornadas con pinturas de las mujeres que habían pasado por allí, cada obra contando una historia de lucha y resiliencia. Mia se dirigió a la oficina de la señora Johnson, donde encontró a la directora revisando documentos.

—Detective Taylor, gracias por venir —dijo Evelyn, levantando la vista con una sonrisa que rápidamente se desvaneció al notar la seriedad de Mia.

—Gracias a usted por recibirme, señora Johnson. He estado investigando los asesinatos de Emily Dawson y Jessica Reed, y me gustaría hablar sobre su conexión con el refugio —comenzó Mia, manteniendo el tono profesional.

Evelyn se sentó, cruzando los brazos en un gesto defensivo.

—Ambas eran mujeres valientes, dedicadas a ayudar a otras. Pero... lo que ocurrió fue devastador. ¿Qué quiere saber exactamente?

Mia se sentó frente a ella, consciente de que las palabras que pronunciara podrían abrir viejas heridas.

—¿Puede hablarme sobre el programa de apoyo que ambas mujeres lideraban? —preguntó, el peso de la pregunta flotando en el aire.

Evelyn suspiró, como si estuviera a punto de cargar con una carga pesada.

—El programa se centra en proporcionar un espacio seguro para las sobrevivientes de abuso. Hacemos talleres, terapia y reuniones de apoyo. Jessica y Emily fueron fundamentales para expandirlo, pero también se encontraron con muchos obstáculos —dijo la directora, su voz temblando.

—¿Qué tipo de obstáculos? —insistió Mia.

—El refugio ha estado bajo la presión de varias organizaciones, incluidas algunas vinculadas a la política. Las mujeres que llegan aquí a menudo son manipuladas, y hay personas que desean desacreditar nuestro trabajo. Nos han amenazado, pero seguimos adelante —explicó Evelyn, su mirada decidida pero asustada.

Mia frunció el ceño, captando la preocupación subyacente en las palabras de la directora.

—¿Han recibido amenazas específicas? —preguntó, el interés por conocer la verdad la empujaba a seguir indagando.

—Sí, pero nunca pensé que esto llevara a asesinatos. Las amenazas eran más bien intentos de asustarnos, de hacernos cerrar. Nos han dicho que nos calláramos, pero no podemos permitirlo. Lo que hacemos aquí es vital para tantas mujeres —Evelyn explicó, su voz elevándose con fervor.

Mientras hablaban, Mia notó un cambio en la atmósfera de la oficina. El aire se volvió tenso, cargado de secretos no revelados. Decidió que era el momento de abordar el tema más delicado.

—¿Sabe si Emily o Jessica estaban investigando algo en particular? Algo que pudiera haberlas puesto en peligro —preguntó, su voz baja pero firme.

Evelyn se quedó en silencio, como si luchara con sus propios demonios. Finalmente, su mirada se encontró con la de Mia.

—Jessica había mencionado que había algo raro con algunos de los donantes que estaban vinculados al refugio. No sé si se refiere a corrupción, pero había algo en el aire que la inquietaba. Emily se involucró porque estaba decidida a proteger a las mujeres, pero no tengo todos los detalles —dijo la directora, visiblemente angustiada.

El corazón de Mia latía con fuerza. La corrupción en un refugio que debía ser un santuario era algo que debía investigarse.

—Voy a necesitar acceso a los registros del refugio, especialmente sobre esos donantes —dijo Mia, su voz firme.

Evelyn asintió, aunque la preocupación seguía dibujándose en su rostro.

—Entiendo, pero debo advertirle que algunos de estos donantes tienen conexiones muy poderosas. No quiero que se ponga en peligro —respondió Evelyn, su tono grave.

—Mi trabajo es proteger a las mujeres, y eso significa que debo descubrir la verdad, no importa el costo —Mia reafirmó, la determinación brillando en sus ojos.

Después de obtener el acceso que necesitaba, Mia pasó horas revisando los documentos. Los registros revelaban donantes con antecedentes oscuros, algunos vinculados a grupos con intereses políticos y económicos que habían amenazado al refugio en el pasado. A medida que iba armando el rompecabezas, se sentía cada vez más inquieta.

Era evidente que Emily y Jessica no solo habían sido víctimas de un asesino, sino que habían estado lidiando con un sistema corrupto que las había puesto en la línea de fuego. A través de las historias de estas mujeres, Mia comenzó a comprender la magnitud del horror que enfrentaban. Cada caso de abuso representaba no solo un ataque individual, sino un reflejo de una sociedad que había fallado a sus ciudadanos más vulnerables.

Con cada hoja que pasaba, el horror del pasado se entrelazaba con el presente. La detective se dio cuenta de que debía actuar rápidamente. No solo para proteger a las sobrevivientes que todavía estaban en el refugio, sino también para desmantelar la red de corrupción que amenazaba sus vidas.

Cuando finalmente dejó el refugio, la lluvia había comenzado a caer de nuevo. El sonido de las gotas contra el pavimento parecía un recordatorio de que el tiempo se estaba acabando. Mia no podía evitar pensar en las vidas que aún estaban en peligro, y su mente se llenó de nuevas preguntas.

El destino de Emily y Jessica no podía ser en vano. Con cada paso que daba, la determinación de encontrar al asesino y exponer la verdad se intensificaba. Se sentía como si la lucha apenas comenzara, y mientras las sombras se alargaban a su alrededor, Mia sabía que debía estar preparada para lo que estaba por venir.

Las conexiones entre las víctimas eran más profundas de lo que jamás había imaginado, y cada revelación la empujaba a adentrarse en un abismo de horror y corrupción. Pero había algo más, un hilo oscuro que unía cada una de estas historias, un secreto que debía ser desenterrado.

Con su corazón en la mano y una furia renovada, Mia se dirigió a su oficina, lista para enfrentar el caos que la esperaba. Era un campo de batalla, y ella estaba decidida a luchar por cada mujer que había sido silenciada.

Capítulo 10: Presiones Externas

El ambiente en la comisaría de policía de Boston era palpable, cargado de tensión y ansiedad. Los pasillos solían resonar con el sonido de risas y charlas, pero ahora todo era sombrío. La noticia de los asesinatos de Emily Dawson y Jessica Reed había circulado rápidamente, atrayendo la atención de los medios y la presión de la alcaldía.

Mia Taylor, la detective a cargo de la investigación, se encontraba frente a su escritorio, rodeada de archivos y fotos de las víctimas. Su mente giraba como un torbellino, pero sus pensamientos se detuvieron cuando sintió una mano pesada en su hombro. Era el capitán Moore, su superior, que se había convertido en un aliado en esta dura batalla. Sin embargo, el rostro de Moore mostraba signos de preocupación.

—Mia, necesito que vengas conmigo a la sala de conferencias —dijo Moore, su voz grave resonando en la sala casi vacía.

La detective asintió y siguió al capitán, sintiendo una punzada de ansiedad. Mientras caminaban, el eco de sus pasos parecía amplificarse, reflejando la gravedad del momento. La sala de conferencias era un espacio austero, con una mesa larga y sillas de cuero que habían visto días mejores. A medida que entraban, Mia notó que algunos de los altos funcionarios de la policía ya estaban allí, sus rostros serios y tensos.

—Gracias por venir —comenzó el capitán, tomando asiento al frente. —Como todos saben, este caso ha generado una gran atención mediática y una presión sin precedentes. La alcaldía está preocupada por cómo estamos manejando la situación.

El murmullo en la sala se intensificó. Las miradas de los asistentes se dirigieron a Mia, quien sintió que su corazón se aceleraba. Sabía que esto era un indicio de que la política iba a entrar de lleno en la investigación.

—Mia, quiero que te mantengas al tanto de las reuniones que estamos teniendo con la alcaldía —continuó Moore—. Ellos están ansiosos por obtener respuestas rápidas. Hay preocupaciones sobre cómo esto puede afectar las elecciones y la reputación del departamento.

Mia sintió que la presión aumentaba. No solo estaba luchando por la justicia de las víctimas, sino que ahora también debía considerar las implicaciones políticas de su trabajo. Miró a su alrededor y vio rostros que expresaban ansiedad y desconfianza.

—Capitán, no creo que sea prudente apresurarnos en este caso. Hay demasiados cabos sueltos y la posibilidad de conexiones más profundas —respondió, manteniendo la voz firme.

Uno de los sargentos, un hombre robusto llamado Thompson, interrumpió:

—Mia, lo sabemos. Pero el alcalde quiere resultados. Si no podemos cerrar este caso pronto, corremos el riesgo de perder apoyo y financiamiento. Y, seamos realistas, este departamento no puede permitírselo.

El comentario de Thompson hizo que Mia sintiera un nudo en el estómago. La verdad y la justicia estaban siendo sacrificadas en el altar de la política. El capitán Moore la miró, y Mia vio una chispa de comprensión en sus ojos. Pero era evidente que él también se sentía atrapado.

—Entiendo tus preocupaciones, pero hay una línea muy delgada que debemos caminar. Debemos actuar con rapidez y prudencia —dijo Moore, su tono grave pero conciliador.

—¿Y qué sucede si cerramos el caso sin encontrar al verdadero culpable? —Mia cuestionó, la frustración burbujeando en su interior—. Lo último que quiero es que más mujeres terminen muertas.

La sala se quedó en silencio, y Mia sintió la presión de todas las miradas. No era solo un problema personal; era un problema moral. Estaba lidiando con vidas que habían sido truncadas, con historias que merecían ser escuchadas.

—Vamos a hacer lo que podamos, pero debemos manejar esto con delicadeza —replicó Moore, su voz ahora más suave—. Tienes mi apoyo, pero no olvides que hay fuerzas en juego que no podemos controlar.

Después de la reunión, Mia salió al pasillo con la cabeza llena de preguntas. La presión de la alcaldía se sentía como una losa pesada sobre sus hombros. A cada paso que daba, la inquietud crecía en su interior. Sabía que el tiempo era esencial, pero no podía dejar que la política interfiriera en su búsqueda de justicia.

En su oficina, Mia se sentó y se sumergió de nuevo en los archivos de Emily y Jessica. Tenía que encontrar una conexión, algo que le diera sentido a los asesinatos y que la guiara hacia el verdadero culpable. La corrupción y la conspiración parecían entrelazarse, y cada pista la llevaba a una red más amplia de complicidad.

Mientras revisaba los documentos, la imagen de Sarah Black, la activista que había conocido en el refugio, llenó su mente. Mia había notado la determinación en sus ojos, su deseo de luchar contra un sistema que parecía destinado a silenciar a las mujeres. Esa valentía la inspiraba, pero también la dejaba con más preguntas.

Sin embargo, el deber la llamaba. Había algo en el refugio "Renacer" que la inquietaba, un eco de historias no contadas. ¿Cuántas mujeres habían sido víctimas de la misma corrupción que amenazaba con tragarse todo? La imagen de Evelyn Johnson, la directora del refugio, aparecía en su mente. La señora Johnson había hablado de amenazas y presiones. Si algo estaba mal allí, era crucial descubrirlo antes de que más mujeres se convirtieran en víctimas.

Sin perder tiempo, Mia decidió volver al refugio. La investigación debía continuar, y no podía dejar que la presión política la desviara de su misión. A medida que se preparaba para salir, un nudo de ansiedad se formó en su estómago. Sabía que estaba adentrándose en aguas peligrosas, pero también sabía que debía hacerlo.

La lluvia caía con fuerza en la ciudad mientras Mia conducía hacia el refugio. El sonido del agua golpeando el parabrisas resonaba como un aviso. A pesar de las nubes grises y la tormenta, su determinación no flaqueaba. Cada mujer que había perdido la vida era un recordatorio de que la justicia no podía esperar.

Al llegar, la familiaridad del refugio la envolvió. El aire cálido y la luz suave del interior contrastaban con el frío exterior. Se dirigió a la oficina de Evelyn, donde la directora la recibió con una expresión de preocupación.

—Detective, no sé si es prudente que esté aquí —dijo Evelyn, sus ojos reflejando la ansiedad.

—Debo seguir investigando, señora Johnson. Necesito más información sobre esos donantes y cualquier cosa que pueda ayudar a cerrar este caso —respondió Mia, su voz decidida.

Evelyn dudó, pero finalmente asintió.

—Está bien, pero hay cosas que no quiero que se vuelvan públicas. Hay personas que están vigilando —advirtió, su tono cargado de temor.

Mia sabía que el tiempo apremiaba. Las sombras que rodeaban el refugio eran más oscuras de lo que había imaginado. Tenía que apurarse. La presión de la alcaldía se hacía más fuerte, y mientras el reloj seguía su marcha, su búsqueda de la verdad se convertía en una carrera contra el tiempo.

La lucha por la justicia era más complicada de lo que había anticipado. No era solo un caso de homicidio; era un reflejo de un sistema que fallaba a las mujeres una y otra vez. La batalla apenas comenzaba, y mientras el viento aullaba afuera, Mia se preparó para enfrentar la tormenta.

Capítulo 11: Amenazas Silenciosas

El amanecer en Boston traía consigo una atmósfera inquietante. Los rayos del sol apenas se filtraban entre las nubes grises que cubrían la ciudad, y el aire frío parecía cargado de presagios ominosos. Mia Taylor, aún envuelta en su abrigo de lana, observaba el paisaje desde la ventana de su departamento, una taza de café humeante en sus manos. A pesar de la calidez del líquido, un escalofrío recorría su espalda, y la ansiedad la mantenía alerta.

La detective se sentía como un pez fuera del agua. Desde que comenzó la investigación del asesinato de Emily y la conexión con el refugio "Renacer", su vida había cambiado drásticamente. Las miradas de sus compañeros en la comisaría estaban llenas de compasión, pero también de sospecha. A nadie le gustaba involucrarse en un caso que prometía ser tan complicado y lleno de peligros. Mia sabía que debía seguir adelante, pero el miedo comenzaba a calar hondo en su interior.

Mientras daba sorbos a su café, su teléfono vibró sobre la mesa, rompiendo el silencio. Al mirar la pantalla, su corazón se detuvo. Era un mensaje anónimo, una breve advertencia que la hizo sentir como si el suelo se desvaneciera bajo sus pies. "Deja el caso. Te estamos observando". Las palabras escritas en la pantalla eran claras y directas, y aunque había esperado que eventualmente recibiría algún tipo de advertencia, la cruda realidad de esa amenaza la golpeó como un puño en el estómago.

Con manos temblorosas, Mia borró el mensaje. Su mente comenzó a girar en una espiral de paranoia. ¿Quién podría estar detrás de esto? ¿Era alguien del departamento o quizás alguien relacionado con la mafia local? La posibilidad de que estuviera siendo vigilada la llenó de inquietud, pero el sentido del deber que había cultivado a lo largo de su carrera como detective la empujaba a seguir adelante.

Tomó una decisión rápida. Necesitaba hablar con Moore, su capitán, y compartirle lo que estaba sucediendo. A pesar de las tensiones políticas y las presiones externas, su seguridad y la verdad del caso eran su prioridad. Después de cambiarse y prepararse, Mia salió de su departamento y se dirigió a la comisaría.

El camino hacia la comisaría fue tenso. Cada vehículo que pasaba y cada sombra en la acera la hacían sentir como si estuvieran observándola. La paranoia comenzó a afectar su concentración, su mente se desviaba hacia pensamientos oscuros que amenazaban con consumirla. Pero tenía que mantener la calma. A medida que se acercaba a la estación, respiró hondo y trató de enfocar su mente en la misión.

Al entrar, Mia sintió la familiaridad del lugar, pero también una tensión latente en el aire. Los murmullos de sus compañeros se apagaron al verla, y algunos la miraron de reojo, como si supieran que algo no estaba bien. Se dirigió a la oficina de Moore, su corazón latiendo enérgicamente mientras golpeaba la puerta.

—Adelante —respondió el capitán desde dentro.

Mia entró y cerró la puerta con un suave clic, sintiéndose un poco más segura al estar a solas con su superior. Moore estaba revisando algunos documentos, pero levantó la vista al notar su expresión ansiosa.

—¿Qué sucede, Mia? Pareces pálida —dijo, dejando de lado los papeles.

—Recibí un mensaje anónimo esta mañana —dijo ella, su voz temblorosa—. Me advierte que deje el caso. Creo que alguien está tratando de intimidarme.

Moore frunció el ceño, su expresión se volvió seria.

—¿Qué decía exactamente el mensaje? —preguntó, cruzando los brazos sobre su pecho.

Mia repitió las palabras textuales que había recibido, y el capitán asintió lentamente, reflexionando sobre la situación.

—Esto es serio —dijo—. La presión sobre nosotros ha aumentado y ahora tenemos que lidiar con esto. ¿Estás segura de que no hay algo más en juego? Tal vez hayas tocado un nervio.

—Lo sé, pero no puedo dejar que me intimiden. La vida de las mujeres está en juego, y tengo que hacer lo correcto —respondió Mia, su determinación renaciendo a pesar del miedo.

—Entiendo tu perspectiva, pero debemos ser cautelosos. Te recomiendo que informes a Seguridad Interna. Ellos pueden proporcionarte protección —sugirió Moore, mirando a Mia con preocupación.

La idea de que necesitara protección la hizo sentir vulnerable.

—No quiero que se convierta en un espectáculo mediático, capitán. Quiero resolver este caso antes de que más mujeres mueran —replicó, sintiendo cómo la ira se acumulaba en su pecho.

—Lo comprendo. Sin embargo, necesitamos equilibrar la seguridad y la investigación. No quiero perderte en este proceso —dijo, su tono firme.

Mia respiró hondo, asintiendo a regañadientes. Sabía que su jefe tenía razón, pero el instinto que había desarrollado a lo largo de su carrera le decía que debía seguir adelante, incluso si eso significaba arriesgar su seguridad.

Después de la reunión, Mia se sintió más decidida, pero el miedo persistía. Regresó a su oficina y continuó revisando los archivos, buscando cualquier pista que pudiera ayudarla a conectar las muertes de Emily y Jessica. La sombra de la amenaza seguía acechando, pero la detective no podía permitir que eso la detuviera. En su mente, se formulaba una pregunta crucial: ¿cuántas más estaban en peligro?

A medida que la tarde se convertía en noche, la comisaría se llenó de un aire pesado. Los detectives comenzaron a marcharse, pero Mia permaneció en su lugar, luchando contra la fatiga que amenazaba con desbordarla. La luz de su lámpara iluminaba la sala, proyectando sombras que parecían alargarse y moverse.

De repente, su teléfono volvió a vibrar. Era un nuevo mensaje, esta vez de un número desconocido. Con el corazón latiendo rápidamente, Mia abrió el mensaje. "Eres una estúpida por seguir investigando. Te arrepentirás". La amenaza era directa y amenazante, y el terror se apoderó de ella. La inquietud se transformó en pánico.

Mientras su mente luchaba por encontrar un sentido a lo que estaba sucediendo, la puerta de su oficina se abrió lentamente. Sarah Black apareció en el umbral, su rostro mostraba preocupación.

—Detective, ¿estás bien? Te vi sola y pensé que quizás necesitarías compañía —dijo Sarah, su voz suave y reconfortante.

Mia miró a su amiga y sintió una mezcla de gratitud y desesperación.

—Acabo de recibir otra amenaza, y no sé cómo enfrentar esto —respondió, dejando caer el teléfono sobre la mesa con frustración.

Sarah se acercó, su mirada se volvió seria.

—Estás haciendo algo increíblemente valiente. No dejes que nadie te intimide. Tu lucha es importante —dijo con firmeza, y Mia sintió que sus palabras eran un bálsamo en medio del caos.

—No quiero que esto se vuelva personal. Hay demasiadas vidas en juego, y temo que no pueda hacer lo correcto —respondió Mia, sus ojos llenos de dudas.

—La verdad siempre triunfa, pero a veces hay que luchar con más fuerza. Si sientes que necesitas ayuda, estoy aquí —dijo Sarah, colocando una mano en su hombro.

La calidez de la mano de Sarah la reconfortó.

—Gracias. Realmente lo aprecio —dijo Mia, sintiéndose un poco más fuerte.

Sin embargo, la presión seguía acechando, y Mia sabía que las amenazas solo eran el comienzo. Cada mensaje que recibía era un recordatorio de que estaba jugando con fuego. La historia de Emily y Jessica era más que un caso; era un reflejo de un sistema que oprimía y silenciaba a las mujeres, y Mia no podía permitir que eso continuara.

Mientras la noche se adentraba y las luces de la ciudad parpadeaban, Mia tomó una decisión. No se dejaría intimidar. Se aferraría a su misión con más fuerza que nunca. Con la determinación ardiente en su pecho, se preparó para enfrentar los peligros que la esperaban en el camino hacia la verdad.

A pesar de las amenazas y la presión externa, Mia sabía que estaba en la senda correcta. No se detendría hasta que las sombras que acechaban a las mujeres fueran despojadas de su poder. A medida que la oscuridad envolvía Boston, Mia estaba lista para luchar, y no permitiría que nada ni nadie se interpusiera en su búsqueda de justicia.

Capítulo 12: El Pasado de Mia

El sonido del agua fluyendo en el río Charles siempre le había provocado a Mia una sensación de calma. Cuando era niña, solía sentarse en la orilla, observando cómo el agua seguía su curso, inmutable y paciente. Pero esta vez, el mismo río le traía recuerdos oscuros, mucho más turbulentos que la corriente que fluía frente a ella.

Se encontraba sola, de pie, mirando el río, intentando despejar su mente. La investigación, las amenazas, la tensión constante habían comenzado a desgastar su fortaleza. El peso de todo aquello se acumulaba en sus hombros, y por primera vez en años, Mia se permitió recordar, permitirse a sí misma sentir el dolor que había enterrado profundamente.

El pasado siempre había sido algo que mantenía bajo llave. Nunca hablaba de ello, ni con amigos, ni con colegas. Las cicatrices de su historia eran invisibles para los demás, pero siempre estaban ahí, recordándole la vulnerabilidad que había sentido, recordándole lo que la había llevado a convertirse en detective.

Era adolescente cuando ocurrió. El hombre en el que confiaba, una figura de autoridad, alguien que debía haberla protegido, había sido quien destruyó su inocencia. Era un abuso disfrazado de preocupación, un toque casual que poco a poco se convirtió en algo más siniestro. Recordaba cómo intentaba convencerse de que estaba exagerando, que no era lo que parecía, pero su instinto le gritaba lo contrario. Cada vez que él se acercaba, sentía esa opresión en el pecho, el miedo que nunca pudo expresar.

Un día ese límite invisible fue cruzado, y todo cambió para siempre. Había llorado en silencio, sin que nadie lo supiera. El miedo a que no le creyeran, el temor a ser juzgada, la paralizaron. Durante años, guardó su secreto, incapaz de pronunciar las palabras que explicarían lo que había vivido. Su propia madre, una mujer rígida y distante, nunca habría entendido. Y su padre, bueno... nunca estuvo allí para escucharla.

Pero ese silencio se convirtió en rabia. Fue esa rabia la que la impulsó a tomar control de su vida, a entrenarse, a dedicarse a ayudar a aquellos que no tenían voz. Mia se unió a la academia de policía con un único propósito: convertirse en la protectora que nunca tuvo. Cada caso que resolvía, cada criminal que arrestaba, era una pequeña victoria personal, una forma de decirle a su pasado que ya no la controlaba. Sin embargo, el dolor nunca se iba completamente. Estaba enterrado, sí, pero no desaparecido.

Ahora, mientras observaba el río, sintió que el peso de aquel abuso volvía a aflorar. La muerte de Emily, las amenazas que había recibido, todo estaba conectando con esa parte rota de su ser. No solo estaba investigando un caso; estaba luchando contra un sistema que permitía que las personas vulnerables fueran lastimadas, silenciadas y olvidadas. No podía permitir que eso continuara.

Respiró hondo, sintiendo el aire frío llenar sus pulmones. Las imágenes de su pasado continuaban arremolinándose en su mente. Recordó el día en que finalmente lo confesó. No a su familia, no a sus amigos, sino a una consejera en la universidad. Fue la primera vez que las palabras salieron de su boca. "Fui abusada". Dos palabras que parecían tan simples, pero que al decirlas la destrozaron por completo. Lloró durante horas en esa pequeña oficina. Pero algo cambió ese día: comenzó a sanar.

A pesar de la ayuda que recibió, Mia sabía que nunca dejaría de sentir el dolor. Su experiencia la había marcado de manera permanente, pero también la había fortalecido. Esa experiencia de vulnerabilidad se convirtió en su fuente de fuerza. Y esa fuerza era lo que la impulsaba a seguir adelante, a luchar por la justicia en cada caso que tomaba, especialmente en el caso de Emily.

De pie junto al río, Mia sintió que ese dolor la estaba moldeando una vez más, impulsándola a continuar, a ignorar las amenazas, a no dejarse vencer por el miedo. Las amenazas anónimas solo lograban recordarle que estaba en el camino correcto. Si la intimidaban, era porque alguien, en algún lugar, tenía miedo de que descubriera la verdad.

Se giró lentamente, dejando atrás el agua y los recuerdos. Caminó hacia su auto, la mente más clara y el corazón más firme. Sabía lo que tenía que hacer. No podía detenerse ahora, no podía dejar que el miedo la paralizara de nuevo. Había demasiadas vidas en juego, demasiadas personas como ella, que habían sido silenciadas.

Cuando regresó a la comisaría, sus pasos resonaban firmes contra el suelo de mármol. Los detectives que la observaban de reojo ya no la intimidaban.

Sabía que muchos de ellos no comprendían la profundidad de lo que estaba enfrentando, pero eso no importaba. Mia estaba en una cruzada personal, y no necesitaba la aprobación de nadie.

Se sentó frente a su escritorio, y con manos firmes, comenzó a revisar nuevamente los archivos de Emily y Jessica. Las piezas comenzaban a encajar, pero había algo más grande detrás de todo esto. Sabía que el político Robert White estaba involucrado de alguna manera, pero aún no podía conectar todos los puntos. Necesitaba algo más, una pista que la guiara hacia la verdad.

Justo cuando estaba a punto de sumergirse nuevamente en los documentos, su teléfono sonó. Era un número desconocido. Por un momento, el miedo volvió a surgir, pero lo sofocó rápidamente. Contestó.

—¿Detective Taylor? —dijo una voz grave al otro lado de la línea.

—Sí, ¿quién habla?

—Solo te diré esto una vez. Si continúas investigando, pondrás en peligro a más personas, incluyéndote. Deja el caso ahora, mientras aún puedes.

La amenaza colgó en el aire, pero esta vez Mia no sintió miedo. El pasado le había enseñado que los abusadores contaban con el silencio y la intimidación para mantener su poder. Había pasado por eso antes, y sobrevivió. No sería ahora, cuando estaba más cerca de la verdad, cuando dejaría que ese mismo miedo la controlara.

—No voy a dejar el caso —respondió ella, su voz firme—. Y te aseguro que encontraré a quien está detrás de esto.

Hubo un momento de silencio en la línea, antes de que la llamada se cortara abruptamente. Mia permaneció con el teléfono en la mano, pero en lugar de sentir temor, una nueva sensación la invadió: la determinación de seguir adelante.

Sabía que sus enemigos no se detendrían, pero ella tampoco lo haría. Su pasado había forjado en ella una fortaleza que nadie podría quebrantar. La pequeña niña asustada que alguna vez fue, ya no existía. Ahora era una mujer dispuesta a enfrentarse a los demonios, tanto propios como ajenos.

Dejó el teléfono sobre la mesa, encendió la lámpara y comenzó a revisar los documentos nuevamente, más concentrada que nunca. El camino hacia la verdad era peligroso, pero Mia estaba más que preparada para recorrerlo. Sabía que, al final, solo la justicia prevalecería.

Capítulo 13: La Red de Corrupción

Mia se encontraba sentada en su escritorio, revisando nuevamente los documentos que había acumulado durante la investigación. Los informes de las víctimas, las declaraciones de testigos y los archivos confidenciales no parecían tener una conexión clara. Sin embargo, un patrón comenzaba a emerger, un vínculo inquietante que unía a figuras que, a simple vista, no tenían nada en común. Su instinto le decía que había algo mucho más grande detrás de la muerte de Emily y Jessica.

Desde que las amenazas comenzaron a llegar, Mia se había vuelto más cautelosa. Sabía que alguien estaba tratando de intimidarla, pero no tenía claro quién. La investigación sobre Robert White había revelado algo preocupante: sus conexiones con figuras del crimen organizado. Pero lo que ahora comenzaba a preocuparle más era el creciente número de policías que aparecían relacionados de forma indirecta con estas figuras.

Esa mañana, el sol apenas había salido cuando Mia decidió ponerse en marcha. Había pasado la noche anterior analizando los movimientos financieros de una de las empresas vinculadas a White, y ahora tenía una nueva dirección que investigar: un bar en las afueras de la ciudad. Según los registros, el lugar servía como fachada para lavar dinero. Pero lo más inquietante era que algunos oficiales de la policía de Boston aparecían frecuentemente en esos registros.

El bar, llamado "The Iron Gate", estaba situado en una calle discreta, flanqueado por edificios abandonados. Era un lugar que no llamaría la atención de nadie que no supiera lo que estaba buscando. Mia aparcó su coche a unas cuadras de distancia y se adentró en el callejón. Al acercarse, notó que la puerta trasera del bar estaba abierta, lo que le dio la oportunidad de colarse sin ser vista.

Una vez dentro, el hedor a alcohol rancio y tabaco llenaba el aire. Las luces eran tenues, creando sombras que se arrastraban por las paredes como fantasmas. Mia avanzó lentamente, sus pasos apenas audibles en el suelo de madera. Escuchaba voces al fondo, lo que indicaba que el bar aún no estaba vacío. Siguió el sonido hasta una puerta cerrada. Desde el otro lado, se filtraba la conversación en voz baja de dos hombres.

—No podemos seguir arriesgándonos de esta manera —dijo una voz grave—. Si esa detective sigue indagando, tarde o temprano descubrirá todo.

—Ya lo tenemos controlado. Robert ha hablado con los de arriba. No va a haber problemas... siempre y cuando hagamos lo que nos dicen —respondió otra voz, más joven.

Mia contuvo la respiración, sus músculos tensos. Estaba en el lugar correcto, pero ¿quiénes eran estos hombres? ¿Estaban relacionados directamente con las muertes de Emily y Jessica? Decidió escuchar un poco más antes de hacer cualquier movimiento.

—¿Y los policías? —preguntó el hombre más joven—. Ellos también están involucrados. Si cae uno, todos caemos.

—No te preocupes por eso. Ya hemos pagado lo suficiente a algunos para que se queden callados. Nadie va a decir una palabra.

El corazón de Mia latía con fuerza en su pecho. La corrupción dentro de la policía era real. No solo estaba investigando a un político sucio y a la mafia local, ahora también debía enfrentarse a traidores dentro de su propia fuerza. No había forma de saber en quién confiar.

Decidió no esperar más. Sabía que debía actuar, pero debía hacerlo de manera que no levantara sospechas. Salió del bar con el corazón acelerado, tomando notas mentales de todo lo que había escuchado. Tenía que moverse rápido y asegurarse de recopilar pruebas sólidas antes de que alguien la detuviera. Si sus superiores o colegas estaban comprometidos, cualquier movimiento en falso podría costarle la vida.

De vuelta en su coche, Mia encendió el motor y comenzó a pensar en su siguiente paso. Necesitaba pruebas, algo más concreto que una simple conversación escuchada a través de una puerta. Decidió acudir a la única persona en la comisaría en la que creía que aún podía confiar: el detective John Harris. Harris tenía años en la fuerza, y aunque no eran cercanos, Mia sabía que él era un hombre de principios. Si alguien podía ayudarla a desenmascarar la corrupción, sería él.

Se dirigió a la comisaría. Al llegar, encontró a Harris en su oficina, revisando unos archivos. Mia cerró la puerta detrás de ella y lo miró con intensidad.

—Necesito tu ayuda —dijo, sin rodeos.

Harris levantó la vista, sorprendido por la urgencia en su voz.

—¿Qué ocurre?

Mia le explicó lo que había escuchado en "The Iron Gate" y las conexiones que había descubierto entre algunos oficiales y la mafia. Harris la escuchó atentamente, frunciendo el ceño mientras procesaba la información.

—Sabía que algo no estaba bien —murmuró finalmente—. He notado comportamientos extraños entre algunos de los chicos en las últimas semanas, pero no quería sacar conclusiones precipitadas.

Mia se sintió aliviada al ver que Harris no estaba involucrado. Si había corrupción dentro del departamento, necesitaría aliados fuertes, y Harris era el tipo de persona que no retrocedería ante una amenaza.

—Necesitamos pruebas —dijo él, con voz firme—. No podemos simplemente acusar a nuestros compañeros sin algo sólido. Si lo hacemos, no solo nos despedirán, sino que nos pondremos en el punto de mira.

Mia asintió, sabiendo que Harris tenía razón. Había llegado demasiado lejos para arruinarlo ahora.

—Tengo una idea —dijo ella—. Podríamos comenzar a revisar los registros de transacciones financieras de algunos de los oficiales que han sido mencionados. Si encontramos algo que no cuadra, podemos construir un caso desde allí.

Harris asintió lentamente.

—También podríamos utilizar micrófonos ocultos —sugirió—. Si seguimos a algunos de estos tipos, tal vez podamos grabar conversaciones incriminatorias.

Ambos sabían que estaban entrando en terreno peligroso. Exponer a los oficiales corruptos no solo los pondría en riesgo a ellos, sino también a todos los que estuvieran cerca de ellos. Mia pensó en su hermana pequeña, en su familia. Sabía que las amenazas no se limitarían solo a ella si descubrieran que estaba cerca de la verdad.

Pasaron las siguientes horas planificando su próximo movimiento. Harris se comprometió a actuar con discreción, comenzando a recopilar la información financiera de los sospechosos. Mia, por su parte, seguiría investigando a Robert White y sus conexiones con la mafia.

Al día siguiente, Mia se dirigió a la casa de una de las víctimas recientes, Jessica Parker. Había algo en su archivo que no cuadraba, y sentía que podía estar relacionada con la red de corrupción que acababa de descubrir. Sabía que Jessica había trabajado en una organización de apoyo a las víctimas de abuso, al igual que Emily, pero lo que no había sabido hasta ahora era que Jessica había estado recibiendo dinero de una fuente desconocida.

La casa de Jessica era modesta, con un pequeño jardín en la entrada. La puerta de la entrada estaba entreabierta, lo que hizo que Mia se sintiera incómoda de inmediato. Sacó su arma y empujó la puerta con cuidado. Entró con cautela, llamando el nombre de Jessica por si alguien estuviera allí.

El interior de la casa estaba en completo desorden. Papeles tirados por el suelo, muebles volcados. Era evidente que alguien había estado buscando algo. Mia sintió una punzada de adrenalina. No era la primera vez que se encontraba con una escena así, pero cada vez que lo hacía, la sensación de peligro era inminente.

Mientras revisaba la sala, encontró un sobre abierto sobre la mesa. En su interior, un cheque de una cantidad considerable a nombre de Jessica. La firma en el cheque la dejó paralizada. Era de una de las empresas vinculadas a Robert White.

Los lazos de corrupción se estaban cerrando cada vez más alrededor de la investigación, y Mia sabía que el tiempo se acababa. Tenía que actuar antes de que fuera demasiado tarde.

Capítulo 14: Un Testigo Clave

Mia observaba a Sarah Black con atención mientras ella sacaba un pequeño dispositivo de su bolso. El rostro de la activista estaba tenso, las líneas de preocupación marcadas en su frente. Sabía que lo que estaba a punto de revelar podía cambiar el curso de la investigación, y también, poner en peligro sus vidas.

—Esto... —comenzó Sarah, su voz temblorosa—, es lo que Emily me entregó unos días antes de morir. Me dijo que, si algo le pasaba, debía mostrarlo. Pero no sabía que sería tan pronto... ni tan brutal.

Mia extendió la mano para tomar el dispositivo. Era un simple grabador de audio, pequeño, fácil de pasar desapercibido. Sarah lo había mantenido oculto durante todo este tiempo, aterrorizada de lo que implicaba. Pero después de los recientes asesinatos y de las amenazas que Mia había recibido, entendió que no podía seguir guardándolo. Era la única prueba que podría unir todas las piezas del rompecabezas.

—¿Sabes qué contiene? —preguntó Mia, su mirada fija en los ojos oscuros de Sarah.

—No lo he escuchado. Emily me pidió que no lo hiciera. Dijo que sería más seguro para mí no saberlo. Pero, por la forma en que me lo entregó, supe que era algo grande. Algo que podría cambiarlo todo.

Mia sintió un nudo en el estómago. No podía esperar más. Conectó el dispositivo a su portátil y, tras unos segundos de tensión silenciosa, reprodujo la grabación. Al principio, solo se escuchaba el ruido de fondo: el sonido de una oficina, papeles moviéndose, pasos lejanos. Luego, la voz de Emily llenó el espacio, clara pero contenida, como si temiera ser escuchada.

—He pasado los últimos meses investigando a Robert White —decía Emily con un tono controlado, pero cargado de emoción—. Lo que he descubierto va más allá de lo que jamás imaginé. No solo está involucrado en la red de trata de personas, sino que utiliza su influencia para proteger a los traficantes. Está usando su poder político para mantener a salvo a quienes cometen estos crímenes.

Mia y Sarah se miraron, impactadas. Las palabras de Emily flotaban en el aire como un veneno. Lo que acababan de escuchar no era solo una acusación; era una condena.

La voz de Emily continuó, esta vez con un matiz de urgencia.

—Robert White ha estado encubriendo las actividades de la mafia local durante años. Tiene a varios miembros de la policía bajo su control, sobornándolos para que ignoren las investigaciones o destruyan pruebas. Sé que si esto sale a la luz, su carrera se terminará, pero también sé que él no se detendrá ante nada para proteger su secreto. Si algo me ocurre, Sarah, debes llevar esta grabación a alguien en quien confíes. No dejes que mi muerte sea en vano.

El silencio en la sala era ensordecedor cuando la grabación terminó. Mia apretó los puños, la furia burbujeando en su interior. Ya sabía que White era corrupto, pero esto era mucho más profundo. Era un escándalo que involucraba tráfico de personas, un crimen que destrozaba vidas desde las sombras, protegido por el sistema que debería estar deteniéndolo.

—Dios mío... —susurró Sarah, con las manos temblorosas—. ¿Cómo es posible que alguien como él pueda hacer algo así y seguir caminando libremente por la ciudad?

Mia se levantó de la silla, incapaz de contener la intensidad de sus pensamientos. Caminó de un lado a otro en la pequeña habitación, intentando procesar todo. El alcance de lo que acababan de descubrir la abrumaba, pero también le daba una claridad feroz. Esta grabación era la clave, la prueba que necesitaba para derrumbar el imperio de Robert White.

—Tenemos que ser cuidadosas —dijo Mia, deteniéndose frente a Sarah—. Si White se entera de que tenemos esto, se moverá rápido. No dudará en silenciarnos, igual que lo hizo con Emily.

Sarah asintió, aunque su rostro reflejaba miedo. Sabía que su vida acababa de cambiar para siempre.

—¿Qué haremos ahora? —preguntó Sarah, buscando algún tipo de guía en la mirada decidida de Mia.

—Primero, tenemos que asegurarnos de que esta grabación esté a salvo. No podemos correr el riesgo de que desaparezca —respondió Mia—. Luego, necesito hablar con el capitán Moore. Esto es más grande de lo que creíamos, y si la policía está involucrada, necesitamos saber quiénes están de nuestro lado y quiénes no.

El nombre de Moore le producía a Mia un malestar extraño. Sabía que debía confiar en él, pero después de todo lo que había descubierto sobre la corrupción dentro del cuerpo, incluso su lealtad parecía incierta.

Tomó el grabador de nuevo, lo guardó con cuidado en un bolsillo interior de su chaqueta y se volvió hacia Sarah.

—Voy a necesitar que te quedes fuera de esto, al menos por ahora —dijo con suavidad—. No quiero ponerte más en peligro de lo que ya estás.

—Pero... —Sarah comenzó a protestar, pero Mia la interrumpió.

—Esto es demasiado peligroso. Si algo te pasa, no podría perdonármelo. Emily confió en ti para que entregaras esta grabación, y lo has hecho. Ahora es mi turno de hacer lo correcto.

Sarah asintió, aunque el brillo de la preocupación en sus ojos no se desvaneció.

Mia se dirigió a la puerta, lista para salir y comenzar el siguiente paso en su investigación. Pero antes de que pudiera cruzar el umbral, Sarah la llamó.

—Mia... ten cuidado. Si lo que Emily dijo es cierto, no estás peleando solo contra un hombre. Estás enfrentándote a un sistema corrupto que hará lo que sea para protegerse.

Mia no respondió. No hacía falta. Ambas sabían lo que estaba en juego.

Cuando Mia salió a la calle, el frío del aire otoñal la golpeó en el rostro, pero no hizo nada para calmar la tormenta que se gestaba dentro de ella. El peso de la grabación en su bolsillo la mantenía en movimiento, como un recordatorio constante de que no podía detenerse. Ya no.

Llegó a la comisaría justo antes del anochecer. El edificio tenía un aire opresivo bajo las luces artificiales que brillaban en la entrada. Mia cruzó el umbral, sintiendo la mirada de los oficiales sobre ella. Sabía que algunos de ellos podrían estar involucrados, pero no tenía manera de saber quiénes eran los traidores.

Subió directamente a la oficina de Moore, golpeando la puerta con firmeza. La voz profunda de su jefe la invitó a pasar.

—Taylor, ¿qué tienes para mí? —preguntó Moore, levantando la vista de los papeles sobre su escritorio.

Mia cerró la puerta tras de sí, asegurándose de que estuvieran completamente solos.

—Lo que tengo es algo que puede hundir a Robert White... y a algunos de nuestros propios compañeros.

El capitán Moore frunció el ceño, sin decir nada. Mia sacó el grabador y lo colocó sobre el escritorio, sin apartar los ojos de su superior.

—Es una grabación que Emily Dawson hizo antes de ser asesinada. Implica a White en una red de tráfico de personas y corrupción. Y también menciona que hay policías involucrados.

El rostro de Moore se endureció. No era la reacción que Mia esperaba. Un silencio incómodo se instaló entre ellos, y la incomodidad aumentó cuando Moore, en lugar de tomar el grabador, se recostó en su silla y la miró con gravedad.

—Taylor, antes de que escuches esto... necesito que pienses bien en las consecuencias de lo que estás haciendo. No es solo un caso más. Esto podría destruir muchas carreras... incluidas las tuyas y las mías.

Mia apretó los dientes. La verdad comenzaba a pesarle de una manera que no había previsto. Pero estaba decidida.

—Escucha la grabación, capitán —repitió—. Después decidimos cómo proceder.

El capitán Moore la miró unos segundos más antes de finalmente alcanzar el dispositivo y reproducir el archivo. Mientras la voz de Emily llenaba la oficina, Mia sintió cómo el aire se volvía más denso a su alrededor.

Sabía que, después de esto, no habría vuelta atrás.

Capítulo 15: Confrontación en el Refugio

Mia estacionó su coche frente al refugio con una sensación de inquietud que se instalaba profundamente en su pecho. El edificio era modesto, con paredes de ladrillo rojo y una pequeña placa en la entrada que decía "Refugio Esperanza". Desde fuera, parecía un lugar seguro, un santuario para quienes habían escapado de realidades aterradoras, pero ahora, bajo la luz tenue de un día gris, parecía ocultar más de lo que revelaba.

A medida que se acercaba a la entrada, Mia sintió que los ojos invisibles de las personas dentro la observaban, evaluando su presencia, su propósito. Sabía que el refugio había jugado un papel crucial en la vida de Emily y de las otras mujeres que habían sido asesinadas, y tenía la fuerte corazonada de que la directora del refugio sabía más de lo que estaba dispuesta a decir.

El vestíbulo del refugio era acogedor pero austero. Las paredes estaban decoradas con dibujos infantiles y fotografías de mujeres sonriendo, rostros que parecían un testimonio de la esperanza que el refugio pretendía ofrecer. Sin embargo, para Mia, la atmósfera se sentía sofocante, como si las paredes escondieran secretos oscuros que clamaban por ser liberados.

Una mujer alta, con el cabello castaño recogido en un moño severo y ojos azules que parecían opacos por el cansancio, se acercó a Mia. Vestía un suéter gris, y aunque intentaba proyectar una sonrisa cálida, había algo en su expresión que revelaba tensión. Era la directora, Marta Velasco.

—Buenas tardes, detective Taylor —dijo Marta en un tono bajo pero controlado—. He escuchado que vendría. ¿Cómo puedo ayudarla?

—Gracias por recibirme, señora Velasco —respondió Mia, estrechando su mano brevemente—. Estoy investigando la muerte de Emily Dawson, así como de otras mujeres que tenían vínculos con este refugio. Me gustaría hablar con usted sobre ellas.

La expresión de Marta se endureció por un momento, sus labios tensándose. Era como si hubiese anticipado esta visita, pero no estaba lista para afrontarla. Con un gesto breve, la invitó a pasar a una pequeña oficina en la parte trasera del edificio.

La oficina era modesta, con estanterías llenas de documentos y un escritorio abarrotado. Marta cerró la puerta detrás de ellas, y el ambiente se volvió aún más opresivo. Mia notó que la directora evitaba hacer contacto visual directo, enfocándose en pequeños detalles de la oficina, como si quisiera distraerse de la razón real de su visita.

—¿Con qué puedo ayudarla? —preguntó Marta, acomodándose en su silla y entrelazando las manos sobre el escritorio.

Mia no perdió tiempo.

—Necesito saber más sobre Emily y su trabajo aquí, así como sobre las otras mujeres que fueron asesinadas. Tengo razones para creer que sus muertes están relacionadas con lo que sucedió aquí. Quizás usted pueda darme más información sobre eso.

Marta se quedó en silencio por un momento, un silencio que parecía prolongarse más de lo necesario. Finalmente, habló, pero su voz tenía una nota de cautela.

—Emily era una mujer increíblemente comprometida. Trabajaba sin descanso por las mujeres que pasaban por aquí. Daba mucho más de lo que se esperaba de ella... A veces, demasiado.

—¿Qué quiere decir con "demasiado"? —preguntó Mia, inclinándose hacia adelante, intentando captar la verdad oculta en esas palabras.

Marta soltó un suspiro. Sus dedos se tensaron levemente sobre el escritorio.

—Emily era valiente, no cabe duda de eso. Pero también era imprudente. Se involucró en situaciones peligrosas, investigando cosas que... francamente, no eran asunto suyo. Quería ayudar a las mujeres, claro, pero no siempre entendía que enfrentarse a ciertas personas podría poner su vida en peligro.

Mia percibió el temor en el tono de Marta, y decidió presionar un poco más.

—¿Se refiere a Robert White? —preguntó directamente, observando la reacción de Marta.

Los ojos de la directora se abrieron brevemente, y su expresión se congeló por un segundo. Luego, bajó la mirada y negó con la cabeza, pero no con la convicción suficiente.

—No sé de qué está hablando, detective. Emily nunca mencionó nada sobre él —respondió Marta, pero su voz no era firme.

Mia la miró, sintiendo que estaba a punto de dar con algo. La presión en el ambiente se hizo más palpable, como si el aire en la habitación hubiese aumentado su densidad.

—Señora Velasco, le estoy pidiendo que me cuente lo que sabe. No estoy aquí para buscar culpables entre las mujeres que trabajan aquí, pero necesito saber la verdad si queremos detener al asesino de Emily y de las otras mujeres —insistió Mia, acercándose aún más al borde de su asiento—. Este refugio fue el último lugar donde algunas de ellas buscaron ayuda, y si algo está sucediendo aquí, no puede seguir ocultándose.

Marta respiró profundamente, pero aún evitaba la mirada de Mia. Hubo un largo silencio antes de que finalmente hablara de nuevo, esta vez con la voz temblorosa.

—No... no puedo hablar de eso. Es demasiado peligroso. Si digo algo, podrían venir por mí, por las mujeres que aún están aquí —murmuró, su voz quebrándose—. Ya hemos perdido demasiado, detective.

El temor en su voz era palpable, casi tangible. Mia lo reconoció de inmediato: era el miedo que nace de saber demasiado, de estar atrapado entre la verdad y las consecuencias mortales que esa verdad puede desencadenar. La detective se quedó en silencio un momento, sopesando sus opciones.

—Escuche —dijo finalmente Mia, inclinándose hacia Marta—. Si alguien la está amenazando, puedo ayudarla. Pero necesito saber lo que está pasando. Necesito saber si esto está relacionado con Robert White o con cualquier otra persona poderosa que esté involucrada en estos crímenes. Cada minuto que pasa sin que hablemos abiertamente pone a más mujeres en riesgo.

Marta la miró a los ojos por primera vez, y Mia vio el pánico en su mirada, mezclado con una especie de resignación. Parecía debatirse entre seguir callada o arriesgarlo todo.

—No lo entiende —susurró Marta—. Ellos... tienen ojos en todas partes. Incluso aquí. No puedo... no puedo decirle más.

Mia sintió un escalofrío recorrer su espalda. Algo en la manera en que Marta lo dijo le indicaba que no era simplemente paranoia, sino una realidad aterradora para ella. Pero antes de que Mia pudiera seguir presionando, hubo un golpe en la puerta, interrumpiendo el tenso momento.

Una mujer joven, una de las trabajadoras del refugio, entró con una expresión de urgencia en el rostro.

—Marta, una de las chicas está teniendo una crisis. Necesitamos tu ayuda, ahora —dijo rápidamente, lanzando una mirada incómoda a Mia.

Marta asintió con un movimiento rápido, casi aliviada por la interrupción, y se levantó.

—Lo siento, detective, pero tengo que irme. No puedo seguir hablando ahora —dijo, con un tono más firme, como si la crisis que acababan de anunciarle le diera una excusa para huir de la conversación.

Mia también se puso de pie, reconociendo que no sacaría más de esta reunión en ese momento. Sin embargo, su intuición le decía que Marta sabía mucho más de lo que estaba dispuesta a compartir.

—Volveré —dijo Mia, mirándola directamente—. Y espero que la próxima vez esté lista para contarme la verdad.

Marta no respondió, simplemente salió de la oficina apresuradamente, seguida por la joven. Mia se quedó sola en la pequeña sala, respirando profundamente, intentando procesar lo que acababa de ocurrir. Había un miedo palpable en ese lugar, un miedo que claramente tenía nombre. Robert White, o alguien más cercano a él, había sembrado terror en el refugio.

Mia sabía que estaba más cerca de la verdad, pero también entendía que cuanto más profundizaba, más peligroso se volvía todo.

Se giró y salió del refugio, el frío del exterior golpeándola de nuevo. Cada paso que daba, la oscuridad del caso la envolvía más. Y mientras se alejaba, no podía sacudirse la sensación de que algo terrible estaba a punto de suceder.

Capítulo 16: Doble Juego

Mia caminaba hacia la oficina con la cabeza llena de preguntas. El caso se complicaba cada vez más, y las piezas que había ido descubriendo la habían llevado a terrenos peligrosos. Sin embargo, algo más la inquietaba, una sensación que no podía sacudirse. Su compañero, Daniel King, se había mostrado más evasivo en los últimos días, y aunque lo conocía desde hacía tiempo, algo en su comportamiento había cambiado. Pero, ¿era paranoia suya o había algo más?

Llegó a su escritorio y Daniel ya estaba ahí, con la mirada concentrada en unos archivos. Como siempre, su aspecto era impecable, su traje perfectamente ajustado y su semblante calmado. Mia se acercó con cautela, intentando leer cualquier señal en su comportamiento.

—Tenemos que hablar —dijo ella, mientras se sentaba en la silla frente a él.

Daniel levantó la vista y le lanzó una sonrisa casual.

—Claro, dime —respondió, mientras cerraba el archivo que estaba revisando con un movimiento rápido, casi imperceptible.

Mia lo observó con cuidado. Su instinto le decía que algo no estaba bien, y en ese momento decidió seguir la intuición que tantas veces la había salvado.

—¿Has encontrado algo sobre las conexiones de Robert White con la mafia? —preguntó, dejando que sus palabras flotaran en el aire por un segundo más de lo necesario.

Daniel frunció ligeramente el ceño, pero respondió con la misma calma de siempre.

—He estado revisando, pero no hay mucho que podamos usar legalmente, y menos sin pruebas más sólidas. Sabes cómo funcionan estos casos, todo tiene que estar impecablemente armado o se nos cae.

Mia asintió lentamente, aunque sentía que la conversación iba por un camino extraño. Su mente retrocedió a una conversación reciente con Sarah Black. Durante aquella charla, Sarah había mencionado que Emily tenía una lista de personas influyentes conectadas con la mafia. Según Sarah, Emily había descubierto algo que comprometía a un agente de la policía.

—¿Y sobre la lista que Emily estaba investigando? ¿Has encontrado algo sobre eso? —preguntó Mia, manteniendo la mirada fija en su compañero.

Daniel se tensó apenas un segundo antes de responder.

—No... no he oído nada de eso —dijo, desviando la vista hacia su escritorio.

Mia supo en ese momento que algo estaba mal. Su instinto no le había fallado.

Esa tarde, Mia decidió seguir sus sospechas. Utilizó su red de informantes para obtener más información sobre Daniel, una acción que la incomodaba profundamente, pero ya no podía confiar en nadie más. Cada vez que pensaba en los testimonios de las víctimas, en el cuerpo de Emily, y ahora en el asesinato reciente de otra activista, sentía una creciente sensación de urgencia.

Las horas pasaron en un susurro inquietante hasta que Mia recibió un mensaje de uno de sus informantes más confiables. Había algo. Algo grande. El archivo que le enviaron contenía pruebas claras de que Daniel King estaba profundamente relacionado con la mafia local. No solo eso, sino que había sido visto en reuniones con uno de los jefes más peligrosos del área: Tony Romano, un conocido asociado de Robert White.

La verdad golpeó a Mia como un mazo. Su compañero, la persona en quien más confiaba para resolver este caso, estaba jugando un doble juego. ¿Por cuánto tiempo la había estado traicionando? Y más importante, ¿qué papel había jugado Daniel en la muerte de Emily?

Mia salió rápidamente de la oficina, intentando mantener la calma. Sabía que no podía enfrentarlo de inmediato. Necesitaba planear, pensar en sus próximos pasos. Cualquier movimiento en falso y Daniel podría destruir toda la investigación o, peor aún, poner su vida en peligro.

Horas más tarde, Mia caminaba por las calles desiertas, con su mente a mil por hora. Las luces de la ciudad parpadeaban en la distancia, y la sensación de peligro parecía seguirla como una sombra.

Recordó la conversación que había tenido con Sarah Black el día anterior. Sarah había mencionado que Emily se había sentido traicionada por alguien muy cercano. ¿Podría haber sido Daniel? La conexión entre Daniel y la mafia explicaría por qué Emily había recibido amenazas, y también por qué había sido asesinada.

Mia necesitaba más pruebas antes de tomar una decisión. No podía simplemente acusar a Daniel sin algo sólido. Pero, ¿cómo conseguiría más información sin levantar sospechas? Sabía que Daniel era astuto, y cualquier intento de investigar más podría delatarla.

De regreso en la oficina, Mia comenzó a notar pequeños detalles que antes había pasado por alto. Daniel siempre parecía saber más de lo que decía, pero era hábil para mantener las apariencias. Su comportamiento frío y calculador ahora le parecía más una fachada. Recordó momentos en los que él había desviado conversaciones clave, siempre con una excusa convincente, pero ahora esos recuerdos se volvían evidencias de su doble juego.

La paranoia empezó a apoderarse de Mia. Cada palabra que Daniel había dicho en las últimas semanas parecía tener un doble significado. Cada gesto, una estrategia para mantenerla alejada de la verdad.

Decidió confrontar a Sarah nuevamente. Tal vez ella tenía más información sobre las conexiones de Daniel con la mafia. Sarah había sido una pieza clave en el caso desde el principio, y Mia confiaba en que, si alguien podía ayudarla a desenterrar más pruebas, era ella.

Sarah la recibió en su pequeño apartamento, un lugar modesto y austero que contrastaba con el mundo corrupto en el que ambas parecían estar sumergidas.

—Necesito que me digas todo lo que sabes sobre Daniel King —dijo Mia, sin rodeos.

Sarah frunció el ceño, sorprendida por la pregunta.

—¿Daniel? ¿Tu compañero? —Sarah la miró con incredulidad—. ¿Por qué?

Mia tomó aire y le explicó sus sospechas. Mientras hablaba, Sarah se llevó una mano a la boca, horrorizada por lo que estaba escuchando.

—Emily mencionó algo… —dijo finalmente, como si tratara de recordar—. Mencionó a alguien dentro de la policía, pero nunca me dijo quién. Solo me advirtió que no confiara en nadie demasiado cercano al caso.

Mia sintió un escalofrío recorrerle la columna vertebral. La voz de Emily, aunque ausente, parecía cobrar vida a través de las palabras de Sarah.

—Necesito pruebas —dijo Mia con urgencia—. Algo que conecte a Daniel con todo esto. No puedo actuar sin más.

Sarah asintió, aunque su rostro mostraba signos de duda y miedo.

—Voy a buscar entre los documentos de Emily. Ella tenía una caja en su apartamento con información confidencial. Si hay algo, estará ahí —dijo Sarah.

De regreso en su auto, Mia sentía una presión creciente en el pecho. No podía sacudirse la sensación de estar atrapada en una red de mentiras y traiciones. Cada vez que creía tener una respuesta, las piezas del rompecabezas cambiaban de lugar.

El teléfono de Mia sonó de repente. Un número desconocido. Dudó antes de contestar.

—Detective Taylor, sé que estás buscando la verdad, pero si sigues adelante, podrías terminar como Emily.

La voz al otro lado de la línea era baja y amenazante.

Mia sintió cómo el miedo se apoderaba de ella, pero también cómo una determinación implacable se encendía en su interior.

—No pienso detenerme —respondió, antes de colgar el teléfono.

Con cada paso que daba, Mia se adentraba más en el peligro, pero también estaba más cerca de descubrir la verdad. Y aunque el mundo a su alrededor se volvía más oscuro, sabía que no podía volver atrás.

Capítulo 17: El Culto del Silencio

Las luces de la ciudad apenas iluminaban las calles por las que Mia caminaba con paso rápido. A pesar de la oscuridad y el frío, sentía el calor abrasador de la adrenalina recorriendo su cuerpo. Los últimos días habían sido una vorágine de revelaciones inesperadas y peligros constantes. Ahora, una nueva pista la llevaba a adentrarse en un terreno aún más sombrío y perturbador.

Había comenzado con un simple informe anónimo. Una pista sin origen claro que mencionaba un "grupo clandestino" que operaba en las sombras de la ciudad. El mensaje sugería que ese grupo estaba detrás de las desapariciones de mujeres vinculadas al refugio y los asesinatos recientes. Al principio, Mia había pensado que se trataba de una exageración, pero a medida que investigaba, las piezas comenzaban a encajar de manera inquietante.

Este "culto", como lo llamaban algunos, tenía un nombre casi mitológico en los círculos más oscuros de la ciudad: "El Culto del Silencio". Las víctimas, principalmente mujeres, eran silenciadas de la manera más brutal, y cualquiera que intentara hablar o denunciar desaparecía o terminaba muerta. Los rumores sugerían que el culto tenía vínculos con las esferas más altas de poder, lo que explicaba la falta de investigaciones serias y la impunidad con la que operaban.

Mia había pasado horas revisando archivos antiguos, buscando patrones entre las desapariciones. Lo que había encontrado la aterrorizaba: durante años, muchas de las víctimas no solo habían desaparecido sin dejar rastro, sino que todas, en algún momento, habían tenido algún contacto con el mismo refugio donde Emily había trabajado.

El refugio, que antes parecía ser un santuario para las sobrevivientes de abuso, ahora se revelaba como un punto central en esta red de terror. Mia recordó la mirada asustada de la directora durante su última visita. Algo le había estado ocultando, y ahora parecía evidente que ese "algo" era mucho más oscuro de lo que había imaginado.

Esa noche, Mia decidió visitar nuevamente el refugio, con la esperanza de obtener más información. Llegó al lugar tarde, asegurándose de que no hubiera mucho movimiento. Quería entrar sin ser vista, y sabía que el refugio estaba prácticamente desierto a esa hora. Caminó con cautela por el estrecho pasillo que llevaba a la oficina de la directora, donde sospechaba que podría encontrar respuestas. El edificio, normalmente un lugar de esperanza para muchas mujeres, ahora le parecía inquietante, sus sombras alargadas proyectadas en las paredes vacías como si escondieran secretos oscuros.

Cuando llegó a la puerta, escuchó voces en su interior. Se detuvo en seco, tratando de discernir lo que estaban diciendo. Eran dos personas, una de ellas la directora, la otra una voz desconocida que le puso los pelos de punta. Se hablaba en susurros, pero Mia pudo distinguir algunas palabras: "no más filtraciones", "amenaza", "mantener el control".

Mia sabía que no podía quedarse ahí mucho tiempo sin ser descubierta, así que decidió retroceder y esperar. Esa conversación confirmaba sus peores temores: el refugio estaba comprometido, y la directora no solo lo sabía, sino que formaba parte de algo mucho más siniestro.

Al día siguiente, Mia se reunió con Sarah Black. Sabía que Sarah tenía información valiosa, aunque quizá no toda la que necesitaba. Se encontraron en un café pequeño y poco concurrido, lejos de miradas curiosas. Sarah parecía más preocupada que de costumbre, su rostro reflejaba cansancio y miedo.

—Mia, hay algo que no te he dicho antes —comenzó Sarah, bajando la voz—. Hace años, Emily y yo comenzamos a investigar lo que sucedía en el refugio. Notamos que algunas mujeres que llegaban en busca de ayuda desaparecían. Al principio, pensamos que se habían marchado voluntariamente, pero luego vimos un patrón. Y cuando intentamos preguntar, la directora y otros nos dijeron que no metiéramos las narices donde no nos llamaban.

Mia la escuchaba en silencio, procesando cada palabra.

—¿Y qué pasó después?

—Emily estaba decidida a llegar al fondo de todo. Estaba convencida de que el refugio era solo una fachada. Encontró pruebas de que algunas mujeres habían sido forzadas a desaparecer, que habían sido entregadas a personas poderosas, gente que las compraba para mantenerlas en silencio. El refugio no era un lugar seguro, era una trampa. —Sarah hizo una pausa, su voz quebrándose—. Fue entonces cuando empezaron las amenazas.

Mia sintió un nudo en el estómago. El refugio, el lugar que se suponía debía proteger a las víctimas, era en realidad un instrumento para explotarlas y silenciarlas. El "Culto del Silencio" no era solo un rumor, era una realidad devastadora.

—Emily recibió una última amenaza, justo antes de morir —continuó Sarah—. Le dijeron que, si seguía investigando, su vida no valdría nada. No sé cómo ni quiénes están detrás de todo esto, pero son poderosos. Y están conectados con personas en posiciones de autoridad.

Mia asintió, tratando de digerir la magnitud de lo que Sarah acababa de revelarle. Sabía que se enfrentaba a algo mucho más grande de lo que había imaginado.

Esa noche, Mia se sumergió en los archivos de Emily, que Sarah le había entregado. Entre los documentos, encontró algo que la estremeció: una lista de nombres. Eran los nombres de mujeres que habían desaparecido después de buscar refugio. Todas ellas tenían algo en común: habían hablado abiertamente sobre sus abusadores, habían intentado denunciar sus casos, y habían sido silenciadas por este culto.

Pero lo más aterrador no era la lista en sí, sino los nombres de los que estaban involucrados en el encubrimiento. Había políticos, empresarios y miembros de las fuerzas de seguridad. Todos habían jugado un papel en la creación y el mantenimiento de este culto. Y entre esos nombres, estaba el de Robert White, el hombre cuya carrera política parecía impecable de cara al público, pero que en las sombras era uno de los actores principales en esta red de horror.

Mia sentía que el tiempo se agotaba. Sabía que su vida también corría peligro. Las amenazas que había recibido no eran solo advertencias vacías. Estaba acercándose demasiado a la verdad, y aquellos que estaban detrás del Culto del Silencio no permitirían que esa verdad saliera a la luz.

A la mañana siguiente, Mia recibió un nuevo mensaje anónimo en su teléfono. Esta vez, no era una advertencia, sino una dirección. El mensaje simplemente decía: "Si quieres respuestas, ve sola". Sabía que podría ser una trampa, pero no tenía otra opción. El mensaje tenía algo que la empujaba a seguir adelante, algo que prometía cerrar el círculo que tanto había estado persiguiendo.

Se dirigió al lugar indicado, un almacén abandonado en las afueras de la ciudad. Al entrar, el silencio era abrumador. La penumbra envolvía cada rincón del lugar, y las sombras parecían moverse a su alrededor, como si el propio edificio respirara.

En el centro del almacén, una figura la esperaba. Mia sintió su corazón acelerarse cuando reconoció a la persona que estaba parada allí, entre las sombras.

—Nunca debiste haber llegado hasta aquí —dijo la voz familiar.

Mia tragó saliva, sin dejar que el miedo la paralizara. Sabía que este enfrentamiento marcaría un antes y un después, no solo para ella, sino para todas las víctimas que habían sido silenciadas durante años.

Y en ese momento, supo que no habría marcha atrás.

Capítulo 18: Enfrentamiento con Robert White

El evento político había sido anunciado como uno de los más importantes del año. Robert White, el carismático político que se encontraba en el centro de todas las miradas, daba un discurso que pretendía ser una declaración de principios de su campaña para la reelección. La élite de la ciudad había acudido en masa, llena de expectación, con los medios de comunicación prestando atención a cada palabra pronunciada en el podio. Pero, para Mia, este evento significaba mucho más que política. Era el escenario perfecto para un enfrentamiento que había estado preparando desde que descubrió la verdad detrás de las muertes de Emily y tantas otras víctimas.

Vestida de manera discreta, Mia se deslizó entre la multitud, sus ojos enfocados en White mientras él sonreía y saludaba a los asistentes. Llevaba días preparándose para este momento, sopesando los riesgos y las posibles consecuencias. Sabía que Robert White era un hombre poderoso, respaldado por influencias que podían destruirla si cometía un error. Sin embargo, también sabía que ya no había vuelta atrás. La red de corrupción y abusos que había descubierto se remontaba a White y a su relación con la mafia, y estaba decidida a enfrentarlo cara a cara.

Mientras avanzaba, las luces brillantes y los murmullos de los asistentes se volvían más lejanos en su mente. El ruido de los cubiertos, los flashes de las cámaras y las risas apagadas quedaban amortiguados por el sonido de su propia respiración. A pocos metros de White, su corazón latía con fuerza, pero su mirada era firme. El discurso de White continuaba sin pausa, hablando de progreso, de crecimiento económico y de la protección de los derechos de todos los ciudadanos. Irónicamente, esas palabras ahora le parecían un cruel disfraz de la realidad.

Mia esperó el momento adecuado, cuando las palabras de White quedaron suspendidas y las cámaras se desplazaban hacia él con más intensidad. La atención era absoluta. En ese preciso instante, su voz rompió el ambiente.

—¿Protección de los ciudadanos, White? —la voz de Mia resonó con firmeza en el aire.

El murmullo en la sala se detuvo. White vaciló por un segundo, pero pronto retomó su compostura. Los asistentes giraron la cabeza hacia Mia, desconcertados ante la interrupción. White entrecerró los ojos, intentando identificar a la mujer que se atrevía a cuestionarlo públicamente.

—Detective Sinclair —dijo él finalmente, reconociéndola. Su tono era educado, pero frío—. No esperaba verla aquí esta noche. ¿Hay algo que le gustaría compartir con todos nosotros?

La ironía en sus palabras no pasó desapercibida. Era una amenaza disfrazada de cortesía. Mia sabía que White estaba tratando de intimidarla, de hacerla sentir fuera de lugar. Pero ella no cedería.

—Hay muchas cosas que deberían compartirse aquí, White —dijo Mia, avanzando un par de pasos más hacia el podio—. Como, por ejemplo, el hecho de que durante años has estado encubriendo a personas responsables de la desaparición y muerte de mujeres vulnerables. Mujeres como Emily Ross, quienes confiaron en que el sistema las protegería, pero fueron traicionadas por hombres como tú.

El ambiente en la sala cambió drásticamente. Las miradas de desconcierto dieron paso a la tensión, y los murmullos regresaron, esta vez más urgentes. Mia podía sentir cómo la atención se dividía entre ella y el político. White sonrió, una sonrisa tensa y calculada.

—Eso es una acusación muy grave, detective. —Su tono seguía siendo calmado, pero había un destello en sus ojos que reflejaba ira contenida—. Si tiene pruebas de tales afirmaciones, le sugiero que las presente por los cauces apropiados. Este no es el lugar para discursos difamatorios.

Mia avanzó otro paso. Sabía que tenía que mantener el control de la situación, pero también sabía que había tocado un nervio.

—No es difamación si es verdad, White. —Su voz se alzó un poco más, asegurándose de que todos los presentes escucharan claramente—. Las pruebas están ahí. Las conexiones con la mafia, los favores que les has hecho a cambio de silenciar a las víctimas, los refugios que usan para traficar mujeres. Todo apunta a ti. Emily dejó un rastro, y yo lo he seguido hasta este preciso momento.

Las cámaras ahora estaban enfocadas en ambos, capturando cada gesto, cada palabra. White respiró hondo, sus manos apretándose ligeramente sobre el atril. Mia podía ver el esfuerzo que hacía para no perder el control delante de todos, pero también percibía la furia creciendo bajo la superficie.

—Esto es ridículo —espetó White, abandonando finalmente su tono sereno—. Usted no tiene ni idea de lo que está diciendo. No permitiré que arruine mi reputación con teorías conspirativas. Mis abogados se asegurarán de que pague por estas calumnias.

—¿De verdad piensas que puedes seguir ocultando la verdad? —respondió Mia, con la voz cargada de determinación—. Hay más gente de la que crees que sabe lo que has hecho. Emily tenía pruebas, y yo las tengo ahora. Las amenazas no me van a detener. Ni a mí ni a las otras mujeres que han sido silenciadas por ti y tu red.

Un silencio pesado cayó sobre la sala. White la miraba fijamente, sus ojos oscuros, llenos de una mezcla de furia y desprecio. Por un instante, Mia pensó que podría reaccionar de manera violenta, pero entonces, con un control calculado, levantó ligeramente la cabeza y sonrió con frialdad.

—Esto es lo que pasa cuando alguien se deja llevar por sus emociones en lugar de la lógica, detective. —Su tono se tornó casi condescendiente—. Comprendo su aflicción por la muerte de la señorita Ross, pero está claramente equivocada. Le sugiero que busque a los verdaderos culpables en lugar de dejar que su obsesión personal la conduzca por un camino peligroso.

Mia no respondió de inmediato. Sabía que White estaba intentando desestabilizarla, hacer que pareciera que estaba actuando irracionalmente. Sin embargo, no podía permitir que la conversación terminara así, en un simple intercambio de palabras sin consecuencias. Debía hacer algo más.

—Las mujeres que has silenciado no estarán calladas por mucho más tiempo, White. —Dijo finalmente, con una serenidad implacable—. Y cuando la verdad salga a la luz, todos sabrán quién eres realmente.

Antes de que White pudiera replicar, Mia sintió una mano firme en su hombro. Era uno de los guardias de seguridad del evento, indicándole que era hora de irse. La tensión en el aire era palpable, y Mia sabía que no podría permanecer allí mucho más sin arriesgarse a una situación peligrosa. Aun así, el mensaje había sido entregado. No necesitaba quedarse más tiempo. Sabía que había logrado hacer una grieta en la fachada perfecta de Robert White.

Mientras salía escoltada, podía sentir las miradas de los asistentes y periodistas siguiéndola. El peso del enfrentamiento aún la rodeaba, pero no sentía miedo. Lo que sentía era la certeza de que, aunque White había negado todo, había visto algo en sus ojos. Sabía que estaba asustado. Sabía que había algo que temía profundamente.

Y Mia estaba dispuesta a descubrir qué era.

Capítulo 19: Un Viaje al Pasado

Las calles silenciosas parecían aún más sombrías mientras Mia repasaba mentalmente los casos de las mujeres que habían caído víctimas en esta red de abuso y poder. No se trataba solo de Emily o de las otras que habían sido asesinadas de manera brutal. Se trataba de una red mucho más amplia, donde las heridas no siempre eran visibles, pero estaban profundamente arraigadas. Mia había comenzado a armar las piezas, pero sabía que para entender por completo lo que enfrentaba, tenía que mirar hacia atrás, hacia las vidas de estas mujeres y las cicatrices invisibles que cargaban.

En su pequeña oficina, Mia revisó una vez más los archivos de las víctimas. Allí, en esos papeles, se encontraban las historias de mujeres que alguna vez habían confiado en que sus voces serían escuchadas, que sus denuncias no caerían en el vacío. Mientras recorría los documentos, los rostros de aquellas mujeres parecían observarla desde las páginas, cada uno con una historia dolorosa que pedía ser contada.

La primera fue Emily Ross, el caso que había desatado toda la investigación. Emily era una abogada joven y prometedora, conocida por su dedicación en la defensa de las mujeres víctimas de violencia doméstica. Había crecido en un hogar disfuncional, donde el abuso era una constante. Su madre había soportado años de maltrato a manos de su padre, un hombre al que Emily había aprendido a temer y a despreciar. A pesar de las heridas que llevaba consigo, Emily había decidido dedicar su vida a ayudar a otras mujeres a escapar de situaciones similares, luchando para que nunca más se sintieran solas.

Mia recordaba cómo había investigado el pasado de Emily, descubriendo que, en los meses previos a su muerte, había estado representando a una mujer que había escapado de un refugio. La mujer, cuyo nombre era Marta, había huido de su agresor solo para encontrarse atrapada en un sistema que no le ofrecía ninguna protección real. A través de Emily, Marta había intentado denunciar a un grupo de hombres poderosos que la habían acosado y utilizado su posición para silenciarla. Pero la denuncia había sido desestimada, y poco después, Marta había desaparecido.

Ese fue el punto de inflexión para Emily, quien había comenzado a recibir amenazas poco después de tomar el caso de Marta. Se sentía asfixiada, atrapada entre su deber y el miedo. Sin embargo, no se rindió. Continuó investigando por su cuenta, tratando de exponer a aquellos que consideraba responsables del sufrimiento de tantas mujeres. Y fue entonces cuando todo se derrumbó. Las amenazas se volvieron más explícitas, hasta que un día, Emily simplemente dejó de responder a las llamadas. Fue encontrada muerta dos días después.

El caso de Marta también resonaba en la mente de Mia. Marta era una mujer que había llegado al refugio huyendo de una vida de abuso implacable. Había dejado atrás a sus hijos y a todo lo que conocía, con la esperanza de comenzar de nuevo. Sin embargo, el refugio, que debería haber sido su salvación, se convirtió en su trampa. Los hombres que dirigían el refugio no solo le negaron la ayuda que necesitaba, sino que también la explotaron, usando su situación de vulnerabilidad en su contra. No estaba claro cuánto había sufrido Marta, pero sí estaba claro que, cuando intentó alzar la voz, fue silenciada.

Mia seguía leyendo los testimonios de las mujeres que habían pasado por ese refugio. Todas narraban historias similares: al principio, el refugio parecía un lugar seguro, pero con el tiempo, las sombras empezaban a aparecer. Algunas mujeres fueron obligadas a hacer trabajos degradantes a cambio de protección, otras fueron entregadas a manos de poderosos que les prometían ayudar a cambio de favores. Era un ciclo de abuso que se repetía, donde el sistema que debía protegerlas se convertía en un monstruo más.

El siguiente nombre en los documentos era el de Teresa Ramos, una mujer que había crecido en uno de los barrios más duros de la ciudad. Desde joven, había sido víctima de abuso en su propio hogar. Su madre, sumida en la pobreza, nunca pudo ofrecerle protección. Teresa había pasado de las manos de un agresor a otro, desde su padrastro hasta un hombre mayor que la había "rescatado" cuando era apenas una adolescente, pero que pronto comenzó a controlarla, abusando de ella emocional y físicamente.

Teresa había acudido al refugio buscando una salida. Quería huir de ese ciclo interminable, pero la promesa de protección se convirtió en una pesadilla. Los directores del refugio la sometieron a trabajos forzados y, como muchas otras, fue víctima de chantaje. Teresa intentó huir varias veces, pero siempre la encontraban, atrapada en una red que parecía no tener escapatoria. Fue Emily quien le dio esperanza por primera vez. La había conocido en una de las charlas que Emily dio en el refugio, y juntas empezaron a trazar un plan para sacar a Teresa de esa pesadilla.

Sin embargo, cuando Emily fue asesinada, Teresa supo que su tiempo también estaba contado. Desapareció poco después, y nadie más volvió a saber de ella. Mia había encontrado su nombre en una lista de desaparecidas, pero había muy pocas pistas sobre su paradero. La sospecha de Mia era clara: Teresa había sido silenciada porque sabía demasiado. Tal vez había intentado huir nuevamente, o tal vez había intentado contarle a alguien lo que había visto dentro del refugio. Pero, como muchas otras, Teresa nunca había tenido la oportunidad de romper el ciclo.

La lista seguía, interminable. Historias de mujeres cuyas vidas habían sido destrozadas por el abuso, mujeres que habían buscado ayuda solo para encontrarse atrapadas en otro infierno. Mientras revisaba estos casos, Mia sintió una mezcla de rabia y tristeza. Rabia porque estas mujeres habían sido ignoradas por un sistema que se suponía debía protegerlas. Y tristeza, porque sabía que, para muchas de ellas, ya era demasiado tarde.

Pero a pesar de la oscuridad de esas historias, también había una constante: la resistencia. Cada una de estas mujeres, a su manera, había intentado luchar contra su destino. A pesar del dolor, a pesar del miedo, nunca se habían rendido. Habían luchado con cada fibra de su ser para escapar, para protegerse a sí mismas y, en algunos casos, para proteger a otras.

Mia sabía que su lucha no era diferente. Aunque el peso del caso la estaba aplastando, sabía que no podía rendirse. No podía permitir que los culpables se salieran con la suya. Porque, en el fondo, este caso no solo trataba de justicia para Emily, Marta o Teresa. Era justicia para todas las mujeres cuyas voces habían sido apagadas, para todas aquellas que habían sido traicionadas por un sistema corrupto.

Cerró el último archivo y respiró profundamente. Su determinación estaba más fuerte que nunca. Las historias de esas mujeres la empujaban a seguir adelante. Sabía que debía ser cuidadosa, porque los que estaban detrás de todo esto eran peligrosos y poderosos. Pero también sabía que no estaba sola. Tenía a Sarah Black, y a otras mujeres que, aunque no estuvieran directamente involucradas en la investigación, estaban listas para alzar la voz.

Mia miró hacia la ventana de su oficina, observando cómo la luz de la tarde se desvanecía lentamente. El viaje hacia el pasado le había mostrado las cicatrices de esas mujeres, pero también le había recordado que la verdad, por dolorosa que fuera, debía ser expuesta. No había vuelta atrás. El silencio ya no era una opción.

Capítulo 20: Desenmascarando a los Culpables

El aire dentro de la sala de reuniones estaba cargado de tensión. Las luces brillantes resaltaban los rostros expectantes de los asistentes, mientras las cámaras de los medios se alineaban en el fondo, preparándose para captar cada detalle del evento. Mia estaba sentada al fondo de la sala, junto a Sarah Black, ambas disimulando la ansiedad que las corroía por dentro. Sabían que aquella noche iba a ser decisiva. Era el momento en que finalmente los culpables quedarían al descubierto, pero también era un paso peligroso. Las advertencias no habían cesado, y Mia era plenamente consciente de que no solo su carrera, sino también su vida, estaba en juego.

El plan era arriesgado. Sarah había organizado la reunión como una charla pública sobre los derechos de las mujeres, atrayendo a activistas, periodistas, y figuras clave del movimiento. Pero también sabía que algunos de los principales responsables de la corrupción y los abusos asistían a estos eventos, haciéndose pasar por benefactores de causas sociales. La idea era enfrentarlos, presentar pruebas irrefutables y dejarlos sin posibilidad de escapatoria. Para Mia, se trataba de una operación delicada que requería cada gramo de paciencia y astucia.

Mientras esperaban el inicio de la reunión, Mia repasó una vez más los archivos. Tenía grabaciones, documentos y, sobre todo, el testimonio de Sarah, quien estaba dispuesta a hablar públicamente sobre la grabación que Emily había dejado antes de morir. Aquella grabación, que revelaba el alcance de la corrupción de Robert White y sus vínculos con la mafia local, era su carta más poderosa. Pero sabían que las represalias serían rápidas si fallaban en desenmascararlos.

—¿Estás segura de esto? —preguntó Sarah, su voz apenas un susurro. Tenía el rostro pálido y las manos temblorosas, aunque trataba de disimularlo con una expresión decidida.

—No hay vuelta atrás, Sarah —respondió Mia sin apartar la vista de los documentos—. Si no lo hacemos ahora, estas personas seguirán cometiendo atrocidades sin consecuencias. Tenemos que hacerlo.

La puerta de la sala se abrió y una corriente de personas comenzó a entrar, ocupando las sillas vacías. Entre ellos, Mia identificó a algunos de los nombres que había estado rastreando. Allí estaba Robert White, sentado con una sonrisa afable, charlando con otros políticos, completamente ajeno al peligro que lo acechaba. Junto a él, varios hombres de negocios locales y un par de figuras del ámbito judicial, todos vestidos impecablemente, sin que su aspecto diera la menor pista del infierno que habían desatado sobre tantas vidas inocentes.

El evento comenzó con una introducción formal. Hablaron algunos representantes del movimiento de derechos de las mujeres, destacando la importancia de la lucha contra el abuso. Pero a medida que las palabras llenaban la sala, Mia sentía la creciente presión de lo que estaba a punto de ocurrir. Sarah la miraba de vez en cuando, con un brillo nervioso en los ojos, como buscando el momento adecuado para intervenir.

Finalmente, llegó el turno de Sarah. Se levantó con pasos firmes, tratando de mostrar una calma que no sentía en absoluto. Subió al podio y tomó el micrófono, su voz resonando por todo el salón.

—Gracias por estar aquí esta noche —comenzó—. Es un honor estar rodeada de tantas personas comprometidas con la justicia y la protección de los derechos de las mujeres. Pero, tristemente, no todas las personas que dicen apoyar esta causa lo hacen con integridad.

Un murmullo recorrió la sala. Algunos asistentes se movieron inquietos en sus asientos. Robert White frunció el ceño, pero su expresión rápidamente volvió a la compostura habitual, observando a Sarah con el mismo interés moderado que había mostrado durante toda la noche.

—Hoy vengo a hablarles de Emily Ross —continuó Sarah—. Emily era una mujer increíblemente valiente. Dedicó su vida a ayudar a las víctimas de violencia y a luchar contra las injusticias. Pero por esa misma razón, su vida fue arrebatada. Antes de morir, Emily dejó una grabación. Una grabación que prueba que no fue un accidente ni un caso aislado. Fue asesinada porque descubrió una red de corrupción que involucra a personas muy poderosas. Personas que, incluso hoy, están aquí entre nosotros.

El ambiente en la sala cambió por completo. Los murmullos se transformaron en un silencio opresivo. Las miradas que antes habían estado llenas de complacencia y curiosidad, ahora estaban tensas, alertas. Robert White se inclinó levemente hacia adelante, sus ojos clavados en Sarah, intentando medir el alcance de sus palabras.

Mia observaba a cada persona en la sala con atención, buscando reacciones, señales de nerviosismo o desconfianza. Había apostado todo a ese momento. Sabía que cualquier error podría desencadenar una respuesta peligrosa e impredecible.

Sarah respiró hondo antes de continuar. Sacó de su bolso un pequeño dispositivo de audio y lo sostuvo en alto, dejándolo visible para todos los presentes.

—Esta grabación, que escucharán a continuación, contiene la voz de Emily. Es su testimonio, el que dejó antes de que la silenciaran.

Antes de que pudiera presionar el botón de reproducción, un ruido en la parte trasera de la sala interrumpió el momento. Varios hombres se levantaron repentinamente y comenzaron a moverse hacia la salida, como si supieran que su única oportunidad era huir antes de que todo saliera a la luz. Pero Mia ya había previsto algo así. Varios de los compañeros de la policía que todavía confiaba estaban apostados en las entradas, asegurándose de que nadie saliera sin ser detenido.

—¡Nadie se va de aquí! —gritó Mia desde su asiento, levantándose y mostrando su placa. Los hombres se detuvieron, conscientes de que el cerco se cerraba a su alrededor.

La atención volvió a centrarse en Sarah, quien, con la mano temblorosa, finalmente presionó el botón. La voz de Emily resonó en la sala.

—Si estás escuchando esto, es porque ya no estoy aquí —comenzó la grabación—. He estado investigando algo que va mucho más allá de lo que imaginaba. He descubierto que Robert White, junto con varios otros hombres influyentes, ha estado utilizando su poder para proteger a abusadores y silenciar a las víctimas. El refugio donde tantas mujeres buscan ayuda está controlado por ellos. Y he recibido amenazas. Si algo me sucede, por favor, asegúrate de que estas personas enfrenten la justicia.

La sala quedó en un silencio mortal. Robert White, quien hasta ese momento había mantenido una fachada tranquila, se puso de pie, su rostro completamente pálido.

—¡Esto es una farsa! —gritó—. ¡Nada de esto es cierto! Es un ataque político.

Pero la verdad ya había sido revelada. Las cámaras habían captado todo. Los periodistas, testigos del escándalo, no tardarían en difundirlo. Mia y Sarah sabían que la batalla aún no había terminado, que las represalias serían inminentes, pero aquella noche habían dado el golpe más importante. Los culpables estaban desenmascarados, y ya no habría forma de ocultar la verdad.

Mia observó cómo varios hombres eran escoltados fuera de la sala por la policía. Respiró profundamente, sabiendo que este era solo el comienzo de un largo y peligroso camino hacia la justicia.

Capítulo 21: La Trampa

La noche caía lentamente sobre la ciudad, cubriendo las calles con un manto de oscuridad que solo acentuaba la tensión en el aire. Mia sabía que la operación que estaba a punto de llevar a cabo era crucial; no solo para atrapar a los culpables detrás de la red de abuso, sino también para restablecer la confianza en un sistema que había fallado a tantas víctimas. Sin embargo, la presión sobre sus hombros era abrumadora. La incertidumbre de quién podía ser un aliado y quién un traidor la mantenía alerta.

En un pequeño y discreto café del centro, Mia había organizado una reunión con algunos de sus colegas de confianza y aliados en la lucha contra la corrupción. Entre ellos se encontraba Sarah Black, quien había sido fundamental en la exposición de la red de abuso. Mientras Mia revisaba los detalles del plan, sus pensamientos volvían una y otra vez a las amenazas que había recibido. Cada notificación en su teléfono la hacía saltar, cada sombra en la calle la hacía mirar dos veces. La paranoia crecía, no solo en ella, sino también entre sus aliados. A medida que se acercaba el momento de la trampa, podía sentir cómo la tensión se apoderaba del grupo.

—No puedo creer que hayamos llegado hasta aquí —dijo Sarah, rompiendo el silencio que reinaba en la mesa—. Estamos a punto de desenmascarar a esos monstruos, pero no puedo evitar sentir que algo podría salir mal.

Mia asintió. —Lo sé. Pero tenemos que estar listas para cualquier eventualidad. Si hemos aprendido algo en este proceso, es que no podemos confiar ciegamente en nadie. —Echó un vistazo alrededor, asegurándose de que nadie los estuviera observando. El café estaba lleno de gente, pero eso no significaba que estuvieran a salvo.

El plan era simple, pero arriesgado. Mia había conseguido que un informante se infiltrara en las reuniones clandestinas de la mafia que operaba en la ciudad. Este informante, un hombre conocido como "El Lobo", había estado recopilando información sobre los líderes de la red y sus conexiones, pero había un riesgo: no sabían si realmente podía confiar en él. Lo que Mia no había revelado a los demás era que había recibido un mensaje anónimo que advertía sobre la infiltración de la mafia en su círculo. Esa revelación la mantenía inquieta.

La operación se llevaría a cabo al día siguiente en un viejo almacén que había sido utilizado como punto de encuentro para los delincuentes. Mia y su equipo se reunirían con el informante allí, donde se esperaba que varios de los implicados en la red se presentaran para discutir sus planes. Era una oportunidad de oro para recopilar pruebas y, con suerte, arrestar a los culpables en el acto.

—¿Qué pasa si El Lobo nos traiciona? —preguntó Daniel King, su compañero de trabajo, cuya lealtad Mia había empezado a cuestionar tras descubrir su conexión con la mafia.

—Si eso sucede, nos prepararemos para lo peor —respondió Mia, tratando de mantener la calma en su voz—. Pero no podemos dejar que el miedo nos paralice. Este es el momento que hemos estado esperando.

Los murmullos continuaron mientras el grupo discutía los detalles del plan. Mia se centró en coordinar las comunicaciones y asegurarse de que todos tuvieran claro su papel. Mientras hablaba, sus pensamientos volvían a girar en torno a Daniel. Su comportamiento en las últimas semanas había sido errático, y aunque había luchado junto a ella, había algo en su actitud que la hacía dudar. Sin embargo, en ese momento, no podía permitirse la distracción.

El día siguiente llegó rápidamente. El amanecer trajo consigo un cielo gris y nublado, presagiando la tensión que se avecinaba. Mia y su equipo se reunieron en el aparcamiento de un edificio abandonado cercano al almacén. La atmósfera estaba cargada de nerviosismo, cada uno de ellos consciente de lo que estaba en juego. Los vehículos estaban listos, esperando el momento de desplazarse hacia el almacén.

—Recordemos, no debemos hacer nada que pueda alertar a los demás —dijo Mia, mirando a cada uno de sus compañeros a los ojos—. La clave aquí es la sorpresa. Si conseguimos que todos estén dentro, tendremos una oportunidad real de atraparlos.

Sarah, a su lado, asintió, pero la preocupación era evidente en su rostro.
—Solo espero que estemos preparadas para lo que venga. No quiero perder a más personas.

Con un último vistazo a sus compañeros, Mia subió al coche con Daniel. A medida que se acercaban al almacén, podía sentir cómo la ansiedad le oprimía el pecho. En el camino, intercambiaron algunas palabras, pero la tensión era palpable. Mia no podía dejar de pensar en las advertencias que había recibido; aunque sabía que Daniel había estado con ella en las buenas y en las malas, una pequeña parte de ella no podía dejar de cuestionar sus intenciones.

Al llegar, se estacionaron a una distancia prudente del almacén, un edificio de ladrillos antiguos y ventanas cubiertas de polvo. La entrada principal estaba oscura, pero las sombras que se movían dentro del almacén confirmaron que la reunión estaba por comenzar. Mia dio las instrucciones finales a su equipo, asegurándose de que cada uno supiera dónde ir y qué hacer.

—Recuerden, una vez que estemos dentro, no hay vuelta atrás. Lo que hagamos hoy podría cambiarlo todo —les advirtió. Las miradas de sus compañeros eran de determinación, aunque el miedo también brillaba en sus ojos.

Con un profundo suspiro, Mia lideró el camino hacia el almacén, sus pasos resonando en el silencio de la mañana. Una vez dentro, se encontraron con un espacio amplio y oscuro, iluminado solo por algunas luces tenues en el techo. Los murmullos se escuchaban a lo lejos, y la adrenalina comenzó a bombear en sus venas.

—Vamos a colocarnos en posiciones estratégicas —murmuró Mia—. Daniel, tú y yo tomaremos la parte trasera. Sarah, quédate cerca de la entrada y asegúrate de que nadie escape.

El grupo asintió y se dispersó, tomando posiciones. Mia se movió con cautela, sus sentidos alerta ante cada sonido. Con el corazón latiendo con fuerza, se acomodó detrás de un viejo barril, esperando el momento adecuado. A través de las rendijas en la puerta, pudo ver a El Lobo hablando con varios hombres, sus gestos eran nerviosos y su tono grave. Mia sabía que algo importante se estaba discutiendo.

Mientras tanto, el ambiente en el almacén se volvió cada vez más cargado. Las tensiones aumentaban a medida que la reunión avanzaba. Los hombres hablaban en voz baja, pero Mia podía captar algunas palabras clave: "desaparecidos", "pruebas", y "mujeres". Todo indicaba que estaban muy al tanto de los peligros que enfrentaban.

Cuando finalmente El Lobo hizo una señal, la situación se tornó crítica. —Mañana será el último día —dijo con voz firme—. Si esto no se resuelve, nos aseguraremos de que todos los que se interpongan en nuestro camino paguen las consecuencias.

Mia intercambió miradas con Daniel. La traición era inminente. No podían esperar más tiempo. Sin pensarlo dos veces, Mia sacó su teléfono y presionó el botón de grabación. Era vital que tuvieran evidencia de lo que estaba a punto de suceder.

Fue entonces cuando el caos estalló. Uno de los hombres del grupo de El Lobo se dio cuenta de que algo no estaba bien. —¿Quién está ahí? —gritó, apuntando hacia la entrada. La atmósfera cambió drásticamente, y el pánico se desató entre los presentes. Las sillas cayeron al suelo y los hombres comenzaron a moverse de un lado a otro, tratando de encontrar la fuente de la intrusión.

—¡Es una trampa! —gritó uno de ellos, y en un instante, las miradas se volvieron hacia la puerta, donde Mia y su equipo estaban a punto de ser descubiertos.

—¡Ahora! —gritó Mia, lanzándose hacia el centro del almacén y desenfundando su arma. Sarah y el resto del equipo siguieron su ejemplo, creando una línea de defensa.

Las tensiones estallaron en un momento de caos absoluto. Los hombres comenzaron a correr hacia todas las direcciones, algunos tratando de escapar, otros intentando luchar. Mia, con el corazón en la garganta, se enfrentó a uno de los hombres que se abalanzaba hacia ella. Con un movimiento rápido, logró derribarlo al suelo. En ese momento, todo lo que había vivido y sufrido se concentró en un solo instante: no iba a dejar que se salieran con la suya.

Mientras tanto, la policía había llegado, alertada por el ruido y el caos. Sirenas resonaron afuera, y Mia sintió una mezcla de alivio y adrenalina. A medida que más oficiales entraban al almacén, el control sobre la situación parecía volver, aunque no sin resistencia.

—¡No dejéis que escapen! —gritó un oficial mientras los hombres intentaban huir por la puerta trasera. Mia y su equipo estaban en medio de la confrontación, intentando asegurar la escena y detener a aquellos que intentaban escapar. El Lobo, en medio de la confusión, se desvaneció en la oscuridad, y Mia sintió un nudo en el estómago al darse cuenta de que no había podido capturarlo.

Finalmente, tras lo que pareció una eternidad, la situación se calmó. Los oficiales comenzaron a controlar a los hombres atrapados, mientras Mia, Sarah y Daniel se reunían, tratando de recuperar el aliento. Sus miradas se encontraron, y aunque el miedo aún flotaba en el aire, había una chispa de victoria.

—Lo logramos —dijo Sarah, aunque su voz temblaba.

—Sí, pero no hemos terminado —respondió Mia, mirando hacia la entrada donde había desaparecido El Lobo—. Esto es solo el comienzo.

El equipo había atrapado a algunos de los líderes de la red, pero la mayor parte seguía oculta, dispuesta a luchar con uñas y dientes para mantener su secreto. Las traiciones estaban lejos de haber terminado, y la paranoia que había comenzado a crecer entre ellos aún amenazaba con consumir todo lo que habían logrado.

Con el corazón aún acelerado, Mia se dio cuenta de que lo más peligroso aún estaba por venir. Las piezas estaban en movimiento, y ahora, más que nunca, necesitaban cuidarse unos a otros. El juego no había terminado.

Capítulo 22: La Caída de un Poderoso

La tensión en el aire era palpable. Los gritos y el sonido del caos que se desataba dentro del almacén resonaban como un eco lejano. Mia sabía que este era el momento culminante de su investigación, el punto en que se decidiría el destino de tantos. Había anticipado este enfrentamiento con Robert White, el poderoso político que había estado detrás de la red de corrupción y abuso. Pero nunca imaginó que el clímax de su lucha se desataría en un lugar tan oscuro y peligroso.

Las luces del almacén parpadeaban, proyectando sombras amenazantes en las paredes de ladrillo. Mia, armada con su determinación y su pistola, avanzaba cautelosamente junto a Sarah y Daniel, sus corazones latiendo al unísono con la adrenalina que corría por sus venas. Al otro lado del almacén, el rostro de Robert White se iluminó con una mezcla de furia y sorpresa al ver a Mia y su equipo.

—¿Qué demonios están haciendo aquí? —gritó Robert, su voz resonando en el espacio vacío. Sus ojos estaban llenos de rabia, pero también de un innegable miedo. A su lado, varios hombres armados de la mafia se movían nerviosamente, listos para actuar a su señal.

Mia no se dejó intimidar. —Estamos aquí para acabar con esto, Robert. Este es el final de tu reinado de terror.

Los hombres de la mafia comenzaron a murmurar entre ellos, y el ambiente se tornó aún más tenso. Mia podía sentir que la situación estaba al borde de una explosión. Era una batalla entre la justicia y la corrupción, y ella no estaba dispuesta a retroceder.

—¿Crees que puedes vencerme? —preguntó Robert con una sonrisa despectiva—. Soy más poderoso de lo que piensas. No tienes idea de lo que estoy dispuesto a hacer para protegerme.

Sin pensarlo dos veces, Mia levantó su pistola. —No tienes poder aquí, Robert. Tu tiempo se acabó.

Fue entonces cuando la situación estalló. Robert dio una señal y, en un instante, los hombres de la mafia se lanzaron hacia adelante, desatando el caos. Mia disparó, pero el ruido de los disparos se perdió en el griterío. Las balas atravesaban el aire, y el eco resonaba en el almacén mientras el grupo de Mia intentaba organizarse.

La batalla que se libraba era feroz. Mia se movía con agilidad, esquivando disparos y contraatacando con precisión. Daniel y Sarah estaban a su lado, luchando con la misma determinación. En medio de la confusión, Mia vio a Robert moverse rápidamente hacia la parte trasera del almacén. Era su oportunidad. Tenía que alcanzarlo.

Con su corazón latiendo con fuerza, Mia se abrió paso a través del tumulto, empujando a un lado a los hombres de la mafia que se interponían en su camino. Cada paso que daba era un paso más cerca de la verdad. Finalmente, llegó a un rincón oscuro donde Robert estaba intentando escapar por una puerta trasera.

—¡No te vayas! —gritó Mia, justo cuando él se daba la vuelta, su rostro pálido de miedo.

—¡Esto no ha terminado, Mia! —respondió Robert, sus ojos destilando ira. Se giró hacia ella y, con una rapidez sorprendente, sacó una pistola.

Mia no dudó. Con un movimiento rápido, disparó antes de que pudiera apuntar. La bala impactó en el hombro de Robert, haciéndolo caer al suelo. El grito de dolor que salió de sus labios fue ahogado por el estruendo del combate a su alrededor.

—Tienes que pagar por lo que hiciste —dijo Mia, acercándose a él mientras él intentaba contener la hemorragia—. Has arruinado tantas vidas. Ahora es tu turno de enfrentar las consecuencias.

Mientras Mia se agachaba junto a él, los gritos y disparos seguían sonando en el fondo, pero todo lo que podía escuchar era el sonido de su propia respiración. El poder de Robert White, que había asolado la ciudad durante tanto tiempo, ahora estaba en sus manos. La victoria se sentía cerca, pero también una sensación de vacío. La lucha no era solo contra él, sino contra todo un sistema de corrupción que había estado encubriendo el abuso.

—No entiendes nada —dijo Robert con voz temblorosa—. El poder siempre gana. Siempre habrá alguien dispuesto a llenar el vacío.

Mia se inclinó hacia adelante, mirándolo a los ojos. —Esta vez será diferente. La gente está cansada de vivir con miedo. Tu tiempo se ha acabado, y no hay vuelta atrás.

A lo lejos, el sonido de las sirenas se hacía más fuerte, lo que significaba que la policía finalmente había llegado. Los hombres de la mafia, viendo que la situación se volvía insostenible, comenzaron a dispersarse, tratando de escapar de la justicia. Pero Mia no iba a permitir que se escaparan tan fácilmente.

—¡Deténganse! —gritó, levantando su pistola hacia el grupo que intentaba huir—. ¡La policía está aquí! No tienen salida.

Algunos de los hombres se detuvieron, mirándose unos a otros en busca de una salida. Fue entonces cuando un grupo de oficiales entró en el almacén, con sus armas en alto, listos para actuar.

—¡En el suelo! —gritó uno de los oficiales, y los hombres de la mafia comenzaron a rendirse, lanzando sus armas al suelo. Mia observó con satisfacción cómo la justicia comenzaba a prevalecer.

Mientras los oficiales aseguraban el área, Mia se volvió hacia Robert, que yacía en el suelo, su rostro pálido y su mirada llena de odio.

—No escaparás de esto —le advirtió—. Tus días de poder han terminado. La verdad saldrá a la luz.

A medida que los oficiales arrestaban a los miembros de la mafia, Mia sintió una mezcla de alivio y tristeza. Había logrado atrapar a uno de los hombres más poderosos de la ciudad, pero el costo había sido alto. Sabía que esto era solo el principio. La lucha por la justicia no terminaba aquí, y aún quedaban muchos secretos por descubrir.

Con el sonido de esposas y gritos llenando el aire, Mia dio un paso atrás y observó cómo el caos se transformaba en orden. Su corazón latía con fuerza, pero había un fuego en su interior que no se extinguiría. Estaba decidida a seguir luchando, no solo por ella, sino por todas las víctimas que habían sido silenciadas.

La caída de Robert White era un triunfo, pero también una señal de que la batalla contra la corrupción estaba lejos de terminar.

Capítulo 23: La Revelación

Con el estruendo de las sirenas aún resonando en el aire, el almacén se transformó en un escenario de acción y reacción. Los oficiales de policía aseguraban a los prisioneros, mientras los paramédicos atendían a los heridos. Mia, todavía en estado de alerta, no podía dejar de preguntarse qué pasaría a continuación. El arresto de Robert White era un paso crucial, pero la sensación de que algo no estaba bien seguía acechándola.

Mientras observaba cómo llevaban a Robert a un coche patrulla, sintió que una sombra se cernía sobre ella. Un frío recorrió su espalda cuando se dio cuenta de que había algo más en juego. De repente, una voz familiar interrumpió sus pensamientos.

—Mia, tenemos que hablar. —Era Daniel, su compañero, con una expresión de preocupación en el rostro.

Mia frunció el ceño. —¿Qué pasa, Daniel? No tenemos tiempo para más distracciones.

—Es sobre la investigación... hay cosas que no he compartido contigo —dijo, su voz temblando levemente. Ella sintió que su estómago se revolvía. No le gustaba la forma en que sonaba.

—¿Qué cosas? —preguntó, más alarmada de lo que quería admitir.

Daniel miró a su alrededor, asegurándose de que nadie los estuviera escuchando. Luego, con un suspiro profundo, comenzó a hablar. —He estado recibiendo información de la mafia. No soy solo un compañero, Mia. He estado en contacto con ellos desde el principio.

Mia sintió que el mundo se detenía. Las palabras de Daniel se deslizaron en su mente como un veneno. —¿Qué? ¿De qué estás hablando?

—No quise que te preocuparas. Mi intención siempre fue traerte la verdad. Pero a medida que me adentraba más, me di cuenta de que estaba en un juego peligroso. Ellos tenían información sobre nosotros, sobre ti, sobre lo que estábamos tratando de hacer.

Mia no podía procesar lo que estaba escuchando. Las traiciones eran como puñaladas en su corazón, y cada una dolía más que la anterior. —¿Así que estabas trabajando para ellos? —su voz era un susurro, apenas audible.

—No, no de esa manera. Estaba recopilando información, tratando de protegerte. La mafia tiene tentáculos por todas partes. Te prometo que solo quise ayudarte.

Pero Mia no estaba convencida. Las piezas del rompecabezas estaban comenzando a encajar de una manera que no le gustaba. Daniel, el hombre en quien había confiado, el que había estado a su lado en cada paso del camino, ahora parecía un extraño. —¿Cuánto tiempo has estado trabajando para ellos?

—Desde que comenzó la investigación. Al principio, pensé que podría infiltrarme, ganar su confianza y luego desmantelar todo desde adentro. Pero la presión era demasiado. —La voz de Daniel temblaba, y ella podía ver la lucha interna que estaba enfrentando.

Mia se sentía atrapada. La traición de Daniel no solo le dolía a nivel personal, sino que también amenazaba su misión. No podía permitirse dudar ahora. —Necesitamos reunir a todos, averiguar qué hacer a continuación —dijo finalmente, tratando de mantener la calma.

—No puedo, Mia. Ellos saben que estoy aquí. Si me atrapan, no solo arruinarán nuestra misión, sino que pondrán en riesgo nuestras vidas.

La angustia se instaló en el pecho de Mia. La desesperación era palpable. ¿Cómo podía haber estado tan ciega? Las señales siempre habían estado ahí, pero había elegido ignorarlas. La verdad era más dura de lo que podía soportar.

—Así que, ¿qué sugieres? —preguntó, intentando recuperar el control de la situación.

—Necesitamos actuar rápido. Si descubrimos la red de conexiones que tiene la mafia, podríamos dar un golpe decisivo. Pero tenemos que hacerlo antes de que se den cuenta de lo que estamos planeando.

La determinación de Daniel no parecía más que una fachada, y Mia sabía que no podía confiar en él. Sin embargo, su instinto le decía que tenían que seguir adelante, incluso si eso significaba trabajar con alguien que había sido desleal.

—Está bien —dijo finalmente—. Pero si en algún momento siento que no puedo confiar en ti, no dudaré en actuar.

Daniel asintió, su rostro un mapa de emociones contradictorias.
—Entiendo. Pero te prometo que no soy tu enemigo.

Ambos se dirigieron a la sala donde estaban reunidos los oficiales, en un intento de reconstruir lo que quedaba de su operación. Mia sabía que tenían que actuar rápido. La revelación de la traición de Daniel era solo la punta del iceberg. Lo que habían descubierto sobre Robert White era solo una parte de un rompecabezas mucho más grande.

Mientras se movían por el almacén, las luces comenzaron a parpadear de nuevo. Los oficiales se movían con la misma tensión que Mia sentía en su pecho. Pero había un nuevo sentido de urgencia que la impulsaba. Tenían que desenmascarar a todos los culpables, no solo a Robert.

Al llegar a la sala de mando, Mia se encontró con un grupo de oficiales discutiendo los siguientes pasos. Uno de ellos, un oficial mayor que había estado en la fuerza durante años, la miró y dijo: —¿Qué podemos hacer para asegurar que esto se mantenga en secreto?

—No podemos permitir que la mafia se entere de lo que hemos descubierto. Si lo hacen, será un desastre —respondió Mia, su voz firme.

—Entonces necesitamos empezar a hacer conexiones, analizar lo que hemos encontrado y empezar a armar un caso sólido. Pero habrá que hacer las cosas con mucho cuidado. La mafia no perdona.

Con ese sentido de urgencia, el grupo se puso a trabajar. La situación se volvió caótica a medida que cada miembro comenzaba a compartir lo que sabía. Mia tomó nota de cada detalle, cada nombre que surgía. Era un proceso desgastante, pero era necesario.

Al mirar a su alrededor, se dio cuenta de que la traición estaba en todas partes. Las personas a las que había considerado aliadas podían estar trabajando para la mafia, igual que Daniel. Y aunque había atrapado a Robert, el verdadero enemigo estaba aún escondido entre las sombras, esperando el momento adecuado para atacar.

A medida que la noche avanzaba, la revelación de la traición de Daniel se sentía como un peso en su pecho. Pero no podía permitirse el lujo de lamentar lo que había pasado. La lucha por la verdad había comenzado, y cada momento contaba.

Mientras la discusión se intensificaba y las luces del almacén iluminaban los rostros cansados de su equipo, Mia sintió que la guerra apenas comenzaba. Las conexiones que unían a la mafia y a los traidores estaban más profundas de lo que había imaginado, y el desenlace de esta historia sería mucho más complejo y aterrador de lo que había anticipado.

Las horas pasaron y, aunque habían logrado algunos avances, la sensación de inminente traición seguía acechando. Mia sabía que su vida y la de sus seres queridos estaban en juego. No podía permitir que su guardia bajara ni un segundo. En este mundo de sombras, la verdad era un bien escaso, y ella estaba decidida a encontrarla, cueste lo que cueste.

Capítulo 24: La Huida

La noche había caído sobre Boston, pero no era el momento de descansar. Mia y Sarah corrían por las calles, sintiendo el latido de sus corazones resonar en sus oídos. Las luces de la ciudad parpadeaban a su alrededor, un laberinto de sombras y destellos que se sentían como un eco de su creciente desesperación. Cada esquina era un potencial escondite, pero también un riesgo; sabían que la mafia, en venganza por lo que había ocurrido en el almacén, no se detendría hasta dar con ellas.

—¡A la derecha! —gritó Mia, y ambas giraron rápidamente en una esquina, justo a tiempo para evitar que un par de matones las interceptaran. Podía sentir el sudor deslizándose por su frente mientras su mente trabajaba a mil por hora, buscando la ruta más segura, aunque esa idea se desvanecía rápidamente en medio de la adrenalina.

—¿Dónde vamos? —preguntó Sarah, con la respiración entrecortada. Las sombras parecían moverse, como si la ciudad misma estuviera conspiring contra ellas. La angustia se reflejaba en su rostro, y Mia sabía que no solo estaban huyendo de la mafia, sino de la sensación de ser constantemente vigiladas, como si una red invisible se cerrara a su alrededor.

—No lo sé, pero no podemos quedarnos aquí —respondió Mia, sus ojos escaneando las calles en busca de una salida. Necesitaban un lugar seguro, un refugio temporal donde pudieran planear sus próximos pasos. Sin embargo, la presión de la situación se hacía sentir, un peso que amenazaba con aplastarlas en cada momento.

Las calles eran un laberinto, pero Mia estaba decidida a encontrar un camino. Recordó un antiguo edificio abandonado que había explorado durante su infancia, un lugar que había sido testigo de su curiosidad y aventuras. Era un riesgo, pero en ese momento, parecía su única opción viable.

—Vamos al viejo almacén en el muelle —dijo Mia, y Sarah asintió, aunque la preocupación seguía latente en su mirada. El muelle no era el lugar más seguro, pero quizás podrían encontrar un escondite temporal.

Las dos mujeres corrieron hacia el muelle, sus pasos resonando sobre el pavimento empapado de lluvia. La humedad se sentía en el aire, una mezcla de desesperación y miedo que se acumulaba en el ambiente. Cuando llegaron al viejo almacén, la entrada estaba cubierta de escombros, como si el lugar hubiera sido olvidado por el tiempo.

—¿Estás segura de esto? —preguntó Sarah, mirando alrededor con desconfianza.

—Es nuestro mejor opción —respondió Mia, empujando los escombros a un lado para abrir un camino hacia el interior. Una vez dentro, la oscuridad las envolvió, y el aire pesado y estancado se apoderó de sus pulmones. Era un lugar que alguna vez había sido vibrante, lleno de vida y actividad, pero ahora se sentía como un mausoleo de recuerdos olvidados.

Mia encendió la linterna de su teléfono, iluminando las paredes cubiertas de grafitis y telarañas. En el silencio, podían escuchar el eco de sus respiraciones y el goteo del agua que se filtraba desde el techo. Era un refugio perfecto para esconderse, pero el temor de ser descubiertas las perseguía como una sombra.

—¿Y ahora qué? —preguntó Sarah, sentándose en el suelo polvoriento, exhausta.

—Tenemos que planear nuestros próximos pasos —dijo Mia, apoyándose contra una de las paredes. Su mente zumbaba con pensamientos caóticos. Sabía que Robert White no se detendría ante nada para protegerse y que la mafia también iba a estar tras ellas. La trampa que habían armado había desatado un caos que ahora amenazaba con consumirlas.

De repente, un ruido interrumpió sus pensamientos, un sonido distante que resonó en el silencio. Ambas mujeres se pusieron en alerta, sus corazones latiendo con fuerza.

—¿Lo escuchaste? —susurró Sarah, levantándose lentamente.

Mia asintió, su mente corriendo a toda velocidad. Podían ser los matones, o incluso la policía, aunque ella sabía que el último grupo no sería un problema. Su situación no les permitiría buscar ayuda, al contrario. Necesitaban salir de allí.

—Es posible que hayan seguido nuestro rastro —dijo Mia, su voz apenas un susurro. Tenían que moverse, pero el miedo las mantenía paralizadas. No podían arriesgarse a ser descubiertas.

Mientras trataban de decidir su siguiente movimiento, el sonido se hizo más fuerte. Era un eco de pasos que resonaban en el pasillo del almacén, acercándose rápidamente.

—¡Es ahora o nunca! —gritó Mia, empujando a Sarah hacia una puerta trasera que conducía a un pequeño callejón. Era un camino angosto y oscuro, pero al menos era una salida. No tenían tiempo para pensarlo dos veces; el peligro estaba a sus espaldas.

Las dos mujeres salieron corriendo, el aire fresco golpeando sus rostros al salir. La luz de la luna iluminaba el callejón, revelando una salida que podría conducirlas a un lugar más seguro. Pero sabían que la libertad era solo una ilusión en ese momento.

Mientras corrían, Mia sintió que su mente estaba llena de dudas. Había demasiadas cosas en juego: sus vidas, la justicia, todo lo que habían luchado por alcanzar. La idea de ser atrapadas ahora era casi insoportable.

—A la izquierda —indicó Mia, recordando que había un parque no muy lejos de allí. Era un área que conocía bien y podría proporcionarles un lugar para esconderse.

Al girar la esquina, se encontraron en medio del parque, rodeadas de árboles y sombras. La luz de las farolas parpadeaba, pero había suficiente oscuridad para ocultarse. Sin embargo, la tranquilidad del lugar contrastaba drásticamente con el tumulto en sus corazones.

—¿Qué hacemos ahora? —preguntó Sarah, su voz temblando mientras trataba de recuperar el aliento.

Mia se detuvo, buscando un lugar donde pudieran resguardarse.
—Tenemos que llamar a la policía, pero de forma segura. Ellos tienen que saber lo que está sucediendo.

Sin embargo, la duda se apoderó de ella. Había una probabilidad real de que los matones de la mafia tuvieran contactos dentro del departamento de policía, lo que haría que su situación fuera aún más precaria.

—No puedo confiar en ellos —dijo finalmente. —No ahora. No cuando Robert White todavía está suelto.

En ese momento, un sonido interrumpió su conversación. Un coche se detuvo cerca, las luces brillantes iluminando el parque. Ambas mujeres se agacharon detrás de un banco, su respiración contenida mientras miraban a su alrededor, sintiendo la ansiedad apoderarse de ellas.

—¡Es un coche de la mafia! —susurró Sarah, la preocupación reflejada en su rostro.

Mia asintió, sintiendo que el miedo la invadía. No podían permitir que las encontraran. Con determinación, las dos comenzaron a moverse en dirección opuesta, tratando de alejarse del camino del coche y de cualquier rastro que pudiera llevar a la mafia hacia ellas.

La búsqueda se había intensificado, y cada paso que daban las acercaba más a un destino incierto. El peligro estaba cerca, pero su deseo de sobrevivir y exponer la verdad era aún más fuerte. Mientras corrían, Mia se prometió a sí misma que no permitiría que su lucha terminara así. La historia de la corrupción y el abuso debía salir a la luz, y aunque el camino era oscuro y peligroso, ella estaba dispuesta a enfrentarlo todo.

La huida apenas comenzaba, pero la determinación de Mia y Sarah se convertía en su mejor arma en esta batalla por la justicia.

Capítulo 25: La Última Confrontación

La noche era oscura y fría, un reflejo del tumulto interno que Mia sentía mientras se preparaba para lo que podría ser su última confrontación con Robert White. El tiempo corría y la presión aumentaba. Habían estado huyendo, pero la verdad debía salir a la luz.

Con un plan en mente, Mia y Sarah se dirigieron hacia el corazón de la ciudad, donde una gran gala se celebraba en un lujoso hotel. Robert White había sido anunciado como uno de los oradores principales, y Mia sabía que este era el momento perfecto para desenmascararlo. La idea de enfrentarse a él en un lugar tan público ofrecía la oportunidad de exponerlo ante los ojos de la comunidad.

—¿Estás segura de esto? —preguntó Sarah, mirando nerviosamente el edificio iluminado, donde la música y las risas resonaban en el aire.

—No tengo otra opción —respondió Mia, su voz firme pero llena de emoción. —Necesitamos que la gente sepa quién es realmente.

Ambas se mezclaron con la multitud que se dirigía hacia el hotel. La elegancia del lugar contrastaba con la urgencia de su misión. La decoración lujosa, las sonrisas en las caras de los asistentes, todo eso se sentía como una burla ante la gravedad de lo que estaban a punto de hacer.

Una vez dentro, se movieron con sigilo, tratando de no atraer la atención. Mia buscó a Robert entre la multitud. El aire estaba cargado de una mezcla de nerviosismo y determinación. Sabía que tenía que actuar con rapidez. No podían dejar que la situación se volviera en su contra.

Cuando finalmente divisó a Robert en el escenario, rodeado de admiradores, su corazón latía con fuerza. Era el momento de actuar. Se dirigieron hacia el frente, donde la multitud aplaudía y el ambiente era festivo.

—Vamos a hacerlo —dijo Mia, su voz apenas audible por encima de la música.

Sarah asintió, aunque el temor se reflejaba en su rostro. Ambas se abrieron camino entre la multitud, sintiendo la mirada de algunos invitados posarse sobre ellas. A medida que se acercaban, Mia sintió la adrenalina correr por sus venas. No había vuelta atrás.

Cuando estaban a pocos metros de Robert, Mia tomó una respiración profunda y levantó la voz. —¡Robert White!

La música se detuvo de repente, y la multitud se volvió hacia ellas. El murmullo creció en intensidad, y Robert se giró, su expresión cambiando de sorpresa a desdén.

—¿Qué crees que estás haciendo? —preguntó Robert, su voz fría y calculadora.

—¡Eres un monstruo! —gritó Mia, la ira brotando de su pecho. —Has estado abusando de tu poder, usando tu posición para manipular y destruir vidas. La gente necesita saber quién eres realmente.

El silencio en la sala era ensordecedor. La multitud, atónita, observaba el enfrentamiento. Robert, en su elegante traje, parecía un rey acorralado, y Mia, con su valor a cuestas, era la intrusa dispuesta a desmantelar su imperio de miedo.

—¿Vas a arruinar mi gala con tus acusaciones infundadas? —preguntó Robert, tratando de recuperar el control.

—No son acusaciones, son hechos —respondió Mia, su voz resonando con fuerza. —He estado investigando tus conexiones con la mafia, el abuso que has permitido, la corrupción que has alimentado. Tu tiempo se ha acabado.

La multitud comenzó a murmurar, y Mia sintió una mezcla de emoción y terror. Sabía que estaba arriesgando todo, pero no podía dar marcha atrás.

Robert se acercó a ella, su mirada amenazante. —No tienes idea con quién te estás metiendo, Mia. La mafia no perdona, y tú eres solo una pequeña pieza en un juego mucho más grande.

—Quizás, pero ya no tengo miedo. Las víctimas no pueden seguir en silencio —replicó Mia, manteniendo la mirada fija en él. Era un momento crucial. Había que dar el paso decisivo y hacer que la verdad saliera a la luz, sin importar las consecuencias.

Mientras el ambiente se tornaba tenso, la multitud comenzó a agolparse, algunos tomando teléfonos para grabar lo que estaba ocurriendo. Era un momento de revelación, y Mia sabía que debía aprovecharlo.

—Robert White ha estado implicado en actividades criminales —continuó, dirigiéndose a los asistentes—. Ha usado su influencia para silenciar a aquellos que intentaron hablar. Las vidas de muchas personas han sido destruidas por su ambición.

Los murmullos se intensificaron, y algunos comenzaron a cuestionar la veracidad de las acusaciones. Robert, tratando de recuperar el control de la situación, se volvió hacia la multitud. —Esto es solo una vendetta personal. Esta mujer está tratando de arruinar mi reputación.

—No se trata de ti —respondió Sarah, sumándose a la defensa. —Se trata de las víctimas que tú y tus cómplices han hecho sufrir. La verdad está saliendo a la luz, y no pueden ocultarla más.

Las palabras de Sarah resonaron en la sala, un eco de desesperación y verdad que comenzó a desmantelar la fachada de poder que Robert había construido. La multitud, ahora dividida entre la incredulidad y el asombro, comenzaba a cuestionar lo que sabían sobre él.

Robert, cada vez más furioso, se giró hacia Mia. —Voy a asegurarme de que pagues por esto. Nadie se interpone en mi camino y sale ileso.

Mia sintió que la amenaza se cernía sobre ella, pero no retrocedió. —Puede que me amenaces, pero lo que has hecho ya no puede permanecer oculto. La gente necesita conocer tu verdadero rostro, y yo me aseguraré de que lo sepan.

Fue un momento de intensa confrontación, pero también de liberación. Mia había logrado romper el silencio que había rodeado a Robert White y a sus cómplices. La tensión en la sala era palpable, y mientras las cámaras seguían grabando, sabían que su lucha apenas comenzaba.

—¡Fuera de aquí! —gritó Robert, su rostro enrojecido de rabia.

Pero Mia y Sarah no se movieron. Sabían que estaban en el punto de no retorno, y aunque el peligro acechaba, también lo hacía la posibilidad de justicia. Las miradas de la multitud, ahora llenas de curiosidad y determinación, estaban a su favor.

—Esto no ha terminado —dijo Robert, retrocediendo mientras la multitud lo rodeaba, exigiendo respuestas.

Mia sintió que una pequeña victoria se forjaba en ese momento. Aunque el camino por delante sería difícil y lleno de obstáculos, había plantado una semilla de verdad que podría crecer y florecer, dejando en claro que la lucha contra el abuso y la corrupción nunca sería en vano.

Capítulo 26: El Eco del Pasado

Las semanas siguientes a la confrontación en el hotel fueron un torbellino de emociones y desafíos. La verdad sobre Robert White y su red de corrupción había comenzado a salir a la luz, pero el costo de esa revelación era alto. Las vidas de las víctimas y de aquellos que habían estado a su lado habían sido sacudidas, y el eco del pasado resonaba con fuerza.

Mia se sentía abrumada mientras revisaba las historias de las víctimas que habían sido silenciadas, mujeres y hombres que habían enfrentado un sufrimiento inimaginable. La sombra del abuso se extendía más allá de cada historia individual; se sentía como una epidemia, un dolor colectivo que había marcado a la comunidad.

—Mia, tenemos que hablar —dijo Sarah un día, interrumpiendo sus pensamientos mientras revisaban las declaraciones de las víctimas. La preocupación en su voz era evidente.

—¿Qué sucede? —preguntó Mia, levantando la mirada.

—He estado hablando con algunos de los sobrevivientes y sus familias. Hay un patrón que parece seguirse en todas sus historias. El abuso ha sido sistemático y ha dejado cicatrices profundas.

Mia sintió un nudo en el estómago. Sabía que el abuso no solo había afectado a las víctimas, sino que había dejado un rastro de dolor que se extendía hacia aquellos que los rodeaban. Familias desgastadas, amigos impotentes, todos ellos atrapados en la espiral de sufrimiento.

—Necesitamos dar voz a estas historias —dijo Sarah, con determinación. —La gente necesita saber lo que ha sucedido. Esto no es solo un caso aislado; es un patrón que debe ser expuesto.

Mia asintió, sintiendo que el peso de la responsabilidad se asentaba sobre sus hombros. —Es hora de que estas voces sean escuchadas. No podemos dejar que sus historias queden en el olvido.

Comenzaron a trabajar en un documento que recogería los testimonios de las víctimas, un esfuerzo para dar visibilidad a sus experiencias. Mientras revisaban las historias, el dolor y la tristeza de cada relato se apoderaban de Mia. Había una profundidad en cada palabra que hablaba de la lucha, la desesperación y la resiliencia.

Una noche, mientras Mia leía uno de los testimonios, sintió las lágrimas acumulándose en sus ojos. Era un relato desgarrador sobre un abuso prolongado que había dejado a la víctima con secuelas emocionales y físicas. Esa historia era solo una entre muchas, pero cada una de ellas representaba una vida destruida, una luz apagada.

—No podemos dejar que esto continúe —dijo Mia, secándose las lágrimas mientras se volvía hacia Sarah. —Debemos hacer algo. No solo hablar, sino también actuar.

Sarah asintió, comprendiendo la urgencia que Mia sentía. —Podríamos organizar una reunión, un evento donde se puedan compartir estas historias. Tal vez invitar a la prensa para que se cubra la situación y se genere conciencia.

La idea resonó en la mente de Mia. Un evento donde las víctimas pudieran hablar, donde sus historias pudieran ser escuchadas y sus voces pudieran unirse en un clamor por justicia. Era un paso audaz, pero era necesario.

La planificación comenzó a tomar forma. Mia y Sarah trabajaron incansablemente para reunir a las víctimas, a sus familias y a otros aliados que habían estado luchando en silencio. Mientras el evento se acercaba, el miedo y la ansiedad comenzaban a llenar el aire. La presión de compartir sus historias pesaba sobre todos, pero también había una sensación de liberación que era palpable.

El día del evento llegó y el auditorio estaba lleno. Las luces brillaban y las cámaras estaban listas. Mia se sentía nerviosa, pero también emocionada. Sabía que este era un momento crucial, una oportunidad para dar voz a aquellos que habían sido silenciados durante demasiado tiempo.

Cuando las víctimas comenzaron a compartir sus historias, la sala se llenó de una mezcla de dolor y esperanza. Cada relato era un eco del pasado, un recordatorio de que el abuso había dejado una marca indeleble en sus vidas. Pero también había una fortaleza en sus palabras, una determinación de no dejarse vencer.

Mia escuchó atentamente, sintiendo cómo cada historia resonaba en su propio corazón. Era un recordatorio de que su lucha no estaba sola. La comunidad estaba unida, y la verdad estaba saliendo a la luz.

Cuando llegó su turno de hablar, Mia sintió la mirada de la multitud sobre ella. Se aclaró la garganta y comenzó a hablar. Compartió su propia experiencia, la lucha por la verdad y la justicia, y cómo la voz de cada víctima era fundamental para lograr un cambio.

—Este es solo el comienzo —dijo Mia, mirando a la multitud. —No podemos permitir que estas historias queden en el olvido. Debemos unirnos y exigir un cambio real, porque nadie más debería sufrir lo que estas personas han sufrido.

El evento culminó en una ovación, y aunque la lucha por la justicia aún estaba lejos de concluir, había un sentido renovado de esperanza en el aire. Las historias compartidas se convertirían en un eco en la comunidad, un llamado a la acción que resonaría en cada rincón.

Mia sabía que había un camino difícil por delante, pero ya no estaba sola. Había una comunidad dispuesta a levantarse y luchar, y eso era lo que realmente importaba. La voz de las víctimas había sido escuchada, y el eco de su sufrimiento se transformaría en un canto por la justicia.

Capítulo 27: La Conexión Final

Mia se encontraba en su apartamento, rodeada de documentos, grabaciones y fotografías que había recolectado a lo largo de su investigación. La atmósfera estaba cargada de tensión y un profundo sentido de urgencia. A medida que revisaba cada uno de los elementos, el rompecabezas de la corrupción comenzaba a tomar forma, revelando una red más intrincada de lo que había imaginado.

Había días en los que la desesperanza la invadía, especialmente cuando la magnitud del abuso y la corrupción parecía apabullarla. Pero había algo que la mantenía en pie: la voz de las víctimas. Cada testimonio, cada lágrima, eran un recordatorio de por qué luchaba. El deseo de justicia se había convertido en una llama inextinguible en su corazón.

Mientras revisaba los documentos, encontró un pequeño sobre que había pasado por alto anteriormente. Dentro, había un conjunto de correos electrónicos que parecían ser parte de un intercambio entre Robert White y otros funcionarios. Con cada palabra que leía, el nudo en su estómago se apretaba más. Eran conversaciones que discutían cómo silenciar a las víctimas y encubrir los escándalos que rodeaban a la mafia.

Mia sintió un escalofrío recorrer su espalda. La conexión entre Robert y los funcionarios de la ciudad era más evidente de lo que había pensado. No solo eran cómplices en el abuso, sino que también estaban utilizando su poder para mantener a la comunidad en silencio. Esa era la prueba que necesitaba.

Tomó su teléfono y se puso en contacto con Sarah, quien había estado a su lado durante todo el proceso. —Sarah, necesito que vengas. He encontrado algo que podría ser crucial para nuestro caso.

—¿Qué has encontrado? —preguntó Sarah, la curiosidad en su voz.

—Pruebas que conectan a Robert con la mafia y a varios funcionarios. Estoy segura de que esto puede llevar a una acusación formal.

—Estoy en camino —respondió Sarah, colgando rápidamente.

Mientras esperaba, Mia no pudo evitar repasar cada detalle de su investigación. Había trabajado incansablemente para juntar las piezas del rompecabezas. Su mente viajaba a los momentos en que las víctimas compartieron sus historias, las lágrimas en sus ojos, la desesperación en sus voces. Todo eso la había impulsado a seguir adelante, a no rendirse.

Cuando Sarah llegó, se sentó rápidamente frente a Mia. —¿Qué tienes?

Mia le mostró los correos electrónicos y comenzó a explicarle cómo todo se entrelazaba. Cada mensaje revelaba un plan meticuloso para silenciar a quienes se atrevieran a hablar, un plan que involucraba intimidación y amenazas.

—Esto es enorme —dijo Sarah, su rostro iluminándose a medida que leía los correos. —Si podemos presentar esto en el tribunal, podríamos exponer toda la red.

—Sí, pero necesitamos hacerlo bien. No podemos permitir que se escape nadie. —Mia sintió que la adrenalina corría por sus venas. La oportunidad de desmantelar la corrupción estaba a su alcance, pero también había un gran riesgo.

Pasaron horas revisando cada detalle, cada posible ángulo que podrían utilizar para llevar a cabo su estrategia. Sabían que debían actuar con cautela; la red que habían desenterrado no solo era poderosa, sino que también era peligrosa. La mafia no se detendría ante nada para proteger sus intereses.

Mientras trabajaban, Mia comenzó a planear cómo presentar la evidencia a las autoridades. No podían confiar solo en el sistema; debían ser inteligentes. Con el respaldo de las víctimas y las grabaciones que habían obtenido, tenían una oportunidad de lograr un cambio significativo.

En los días siguientes, Mia y Sarah se dedicaron a compilar toda la información, asegurándose de que cada documento estuviera en orden y que cada prueba estuviera bien presentada. Llamaron a varios medios de comunicación para asegurarse de que la historia tuviera el impacto que merecía.

Finalmente, llegó el día en que presentarían la evidencia ante la policía. Era un momento decisivo y la presión estaba en su punto más alto. Mia sintió el nudo en su estómago mientras se dirigían a la estación. Sabía que todo estaba en juego, no solo para ellas, sino para todas las víctimas que habían sufrido en silencio.

Al llegar, fueron recibidas por un grupo de detectives que estaban al tanto del caso. Mia se presentó y explicó rápidamente la situación. Cuando presentó los correos electrónicos y las grabaciones, vio cómo los rostros de los detectives se endurecían ante la magnitud de la evidencia.

—Esto es serio —dijo uno de los detectives, revisando rápidamente los documentos. —Vamos a necesitar que nos ayuden a reunir más pruebas.

Mia asintió. Sabía que su lucha apenas comenzaba, pero tenía fe en que la verdad finalmente saldría a la luz. La red de abuso y corrupción estaba a punto de ser expuesta, y ella estaba decidida a que los responsables enfrentaran las consecuencias de sus acciones.

Capítulo 28: El Juicio

El día del juicio llegó, y con él, una mezcla de nerviosismo y determinación invadió la sala del tribunal. Era un momento que había esperado durante tanto tiempo; un momento en el que las voces de las víctimas finalmente tendrían la oportunidad de ser escuchadas. Mia se sentó en la sala, rodeada de sobrevivientes y sus familias, sintiendo la tensión palpable en el aire.

El tribunal estaba lleno, y los medios de comunicación estaban atentos a cada movimiento. Las cámaras parpadeaban mientras los reporteros se preparaban para cubrir el evento. Mia miró a su alrededor y vio a las víctimas que habían luchado junto a ella. Cada una de ellas tenía una historia que contar, y ese era su momento de brillar.

El juez entró y se sentó en su estrado. El murmullo de la sala se desvaneció mientras todos se ponían de pie. La sala estaba cargada de emoción; cada persona allí sabía lo que estaba en juego.

La acusación comenzó a presentar su caso, y Mia sintió cómo la adrenalina corría por sus venas. Era un proceso formal, pero para ella, cada palabra contaba una historia. Cuando el fiscal presentó las pruebas que habían recopilado, la sala se llenó de murmullos de incredulidad. Los correos electrónicos, las grabaciones y los testimonios de las víctimas eran irrefutables.

Las primeras víctimas comenzaron a testificar, y Mia sintió cómo las lágrimas se acumulaban en sus ojos. Cada relato era desgarrador, una historia de dolor y sufrimiento, pero también de valentía. Las mujeres y hombres que habían sido abusados, ahora estaban allí, enfrentando a sus verdugos con una determinación que les había faltado durante tanto tiempo.

Cada testimonio resonaba en la sala, y la audiencia estaba cautivada. La valentía de las víctimas era inspiradora, y Mia sabía que estaban haciendo historia. A medida que avanzaba el juicio, la defensa intentó desacreditar a las víctimas, pero cada intento fracasó ante la evidencia sólida que presentaban.

Mia se sintió orgullosa de cada una de las personas que se atrevían a hablar. Eran guerreras que se negaban a ser silenciadas. Cuando su turno llegó, Mia se levantó con una mezcla de nervios y determinación. Sabía que su testimonio era crucial.

—Mi nombre es Mia, y he estado investigando la corrupción y el abuso en nuestra comunidad —comenzó—. He escuchado las historias de muchas personas que han sido silenciadas. Este no es solo un caso individual; es un patrón de abuso que ha estado ocurriendo durante años.

La sala permaneció en silencio mientras Mia compartía su experiencia. Habló sobre las dificultades que había enfrentado al investigar, el miedo que había sentido, pero también la esperanza que había encontrado en las voces de las víctimas.

—No podemos permitir que esto continúe. Las víctimas merecen justicia, y es nuestro deber asegurarnos de que su sufrimiento no sea en vano —concluyó, sintiendo que la emoción la invadía.

Cuando terminó, la sala estalló en un aplauso. Era un momento de liberación, un acto de resistencia que resonó más allá de las paredes del tribunal. Las lágrimas caían de los ojos de muchas personas, y Mia se dio cuenta de que estaban unidas en su lucha.

El juicio continuó durante días, con más testigos y pruebas que se presentaban. Cada día, la presión aumentaba, pero también la determinación de todos los presentes. Sabían que estaban luchando por algo más grande que ellos mismos; estaban luchando por la verdad y por un futuro sin miedo.

Finalmente, llegó el momento de la deliberación del jurado. El ambiente era tenso mientras todos esperaban el veredicto. Mia se sentó en la sala, rodeada de amigos, familiares y sobrevivientes, con el corazón latiendo con fuerza. La espera era agonizante.

Después de lo que pareció una eternidad, el jurado regresó. El juez preguntó si habían llegado a un veredicto. La sala se llenó de una mezcla de ansiedad y esperanza.

—Nosotros, el jurado, encontramos a los acusados culpables de todos los cargos presentados —dijo el portavoz del jurado.

El estruendo de aplausos y lágrimas de alegría llenó la sala. Era un momento de victoria, un hito en la lucha por la justicia. Las víctimas habían sido escuchadas, y la verdad había prevalecido. Pero, a pesar de la celebración, Mia sabía que la lucha aún no había terminado.

Capítulo 29: La Redención

Después del juicio, la ciudad estaba en un estado de euforia. Habían pasado semanas desde el veredicto, y la victoria de las víctimas había comenzado a resonar en toda la comunidad. Las calles estaban llenas de manifestaciones de apoyo, y las voces que una vez fueron silenciadas ahora se alzaban en un poderoso canto de justicia.

Mia sabía que esta victoria era solo el principio. Había mucho trabajo por hacer para sanar las heridas y reconstruir las vidas que habían sido destrozadas. Así que decidió organizar un evento comunitario para honrar a las víctimas y celebrar su coraje.

La noche del evento, el salón de actos estaba decorado con fotografías de las víctimas y mensajes de esperanza. Mia se sintió emocionada al ver a tantas personas reunidas, unidas por una causa común. Entre la multitud, reconoció a Sarah, Rachel y otros sobrevivientes. Cada uno de ellos había tenido su propio viaje, y ahora estaban allí para apoyar a otros.

Cuando Mia subió al escenario, la multitud guardó silencio. Sabía que era el momento de reconocer a aquellos que habían luchado valientemente y habían enfrentado sus demonios. Comenzó a hablar, no solo de su propia lucha, sino de la importancia de la redención y la sanación.

—Hoy celebramos a las víctimas, a quienes han luchado por la verdad y la justicia. Pero también debemos recordar que la redención es un viaje que todos debemos emprender —dijo Mia. —No solo para aquellos que han sufrido, sino también para aquellos que han estado involucrados en el abuso directa o indirectamente.

La sala resonó con aplausos. Mia sentía que había una conexión profunda entre todos los presentes, una comprensión compartida de que el camino hacia la curación no era fácil, pero valía la pena.

Después de su discurso, Mia invitó a Rachel al escenario. Era un momento significativo, ya que Rachel había sido una de las voces más silenciosas, pero su valentía había comenzado a brillar. Rachel compartió su historia, hablando de cómo había lidiado con el trauma y cómo había encontrado la fuerza para hablar.

—No es fácil enfrentar el pasado, pero cada paso que damos hacia adelante es un paso hacia la sanación —dijo Rachel, con la voz entrecortada. La multitud escuchaba con atención, sintiendo cada palabra.

El evento continuó, con otros sobrevivientes compartiendo sus historias. Era un espacio seguro donde podían expresarse sin miedo. Las lágrimas fluían, pero también había risas y un profundo sentido de comunidad. Mia sintió que cada historia era un ladrillo en la construcción de un futuro mejor.

Al final de la noche, Mia se sintió inspirada. Había una energía renovada en la sala, un compromiso colectivo para seguir adelante. La redención no era solo un concepto abstracto; era un proceso que todos debían emprender, un camino hacia la curación que requería valentía y apoyo mutuo.

Capítulo 30: Repercusiones

Las repercusiones de los eventos recientes comenzaron a sentirse en toda la ciudad. La noticia del juicio y el veredicto había viajado más allá de las fronteras de la comunidad, y la corrupción que había estado oculta durante tanto tiempo ahora era de conocimiento público. Las protestas y manifestaciones comenzaron a surgir, demandando justicia y reformas en el sistema.

Mia se convirtió en un símbolo de la lucha contra el abuso y la corrupción. A medida que su historia se difundía, más y más personas se unían a la causa. Las redes sociales estaban llenas de publicaciones que apoyaban a las víctimas y exigían cambios significativos en la forma en que se manejaban los casos de abuso en la ciudad.

La presión sobre los funcionarios locales aumentó. La comunidad estaba unida en su demanda de transparencia y justicia. Las calles que una vez habían estado llenas de miedo ahora se llenaban de gritos de esperanza. Las voces que habían sido silenciadas finalmente eran escuchadas.

Sin embargo, la lucha no estaba exenta de desafíos. A medida que más personas comenzaban a hablar, también surgieron intentos de desacreditar la historia. Algunos funcionarios y sus aliados intentaron minimizar el impacto del veredicto, argumentando que era un caso aislado y que no reflejaba la realidad de la ciudad.

Mia y Sarah decidieron que no podían quedarse de brazos cruzados. Era hora de organizar una nueva manifestación, una que no solo celebrara la victoria, sino que también exigiera reformas reales. Comenzaron a planear un evento masivo que llevaría las historias de las víctimas al corazón de la ciudad.

Cuando llegó el día de la manifestación, las calles estaban repletas de personas que llevaban pancartas y banderas. Mia se sintió abrumada por la cantidad de apoyo que recibieron. Era un testimonio de que la lucha por la justicia era más fuerte que cualquier intento de silenciarla.

Mientras se preparaban para comenzar, Mia tomó el micrófono y se dirigió a la multitud. —Hoy estamos aquí para recordar que la verdad siempre prevalece. Estamos aquí para exigir que se tomen medidas y que se acabe con la corrupción. No daremos un paso atrás.

Los gritos de aprobación resonaron en la multitud, y Mia sintió cómo la energía del momento la envolvía. Era un llamado a la acción, un recordatorio de que la lucha por la verdad y la justicia no había terminado, sino que había tomado un nuevo rumbo.

A medida que la manifestación avanzaba, las historias de las víctimas resonaban en el aire. Las voces que una vez habían sido silenciadas ahora eran poderosas y resonantes. Era un momento de unidad y resistencia, un recordatorio de que juntos podían hacer una diferencia.

Mientras la multitud se dispersaba al final del día, Mia miró a su alrededor, sintiendo un profundo sentido de orgullo y esperanza. La lucha por la justicia continuaría, pero ya no estaban solos. Había una comunidad dispuesta a levantarse y luchar, y eso era lo que realmente importaba.

Capítulo 31: El Eco del Cambio

El ambiente en la ciudad de Boston había cambiado drásticamente en las semanas posteriores al juicio. Las calles que antes eran testigos del silencio y la complicidad estaban llenas de voces valientes que reclamaban justicia y reforma. Mia observaba cómo las protestas y manifestaciones no solo se habían vuelto más frecuentes, sino también más organizadas. Las comunidades se estaban uniendo de una manera que nunca antes había imaginado.

Era un lunes por la mañana cuando Mia se encontró en la plaza central, donde había sido convocada una reunión comunitaria. El lugar estaba decorado con pancartas coloridas que proclamaban mensajes de apoyo a las víctimas y llamaban a la acción. Mientras caminaba entre la multitud, sintió un torbellino de emociones: alegría, tristeza y una profunda gratitud por lo que habían logrado.

La plaza estaba llena de rostros familiares. Vio a Sarah, que había estado a su lado en cada paso del camino, y a Rachel, cuya voz había resonado con tanta fuerza durante el juicio. Cada uno de ellos había enfrentado su propio camino hacia la sanación, y juntos habían tejido una red de apoyo que se extendía más allá de las heridas del pasado.

A medida que la reunión comenzaba, Mia se unió al panel de oradores. Los organizadores habían hecho un excelente trabajo al reunir a varios líderes comunitarios, activistas y sobrevivientes que compartieron sus historias. Era un testimonio del eco del cambio que se estaba produciendo, un cambio que resonaba en cada rincón de la ciudad.

—Hoy estamos aquí para celebrar nuestro poder colectivo —dijo Mia al dirigirse a la multitud. —Hemos sido testigos de un cambio significativo, y eso es gracias a cada uno de ustedes. Pero nuestra lucha no ha terminado.

Su discurso fue recibido con aplausos y gritos de apoyo. Mia sintió que las palabras fluían de su corazón; cada frase era un reflejo del espíritu de resistencia que había surgido en la comunidad. Recordó cómo, al principio, había sido una lucha solitaria, llena de miedo e incertidumbre. Pero ahora, estaba rodeada de personas que se negaban a permanecer en silencio.

Mientras otros hablaban, Mia notó una sensación de resiliencia que llenaba el aire. Las historias de dolor habían sido transformadas en narrativas de empoderamiento. Cada testimonio era un eco de los cambios que habían comenzado a tomar forma. La comunidad no solo estaba sanando; estaban creando un movimiento que desafiaba a aquellos que habían abusado de su poder.

Después de la reunión, Mia se acercó a un grupo de jóvenes que estaban organizando una campaña de concientización sobre el abuso y la importancia de la salud mental. Les escuchó hablar de sus planes para llevar el mensaje a las escuelas y crear espacios seguros donde los jóvenes pudieran compartir sus experiencias.

—Es inspirador ver a la nueva generación tan comprometida —comentó Mia, sonriendo.

—Queremos asegurarnos de que nadie tenga que pasar por lo que hemos pasado —respondió uno de los jóvenes. —La lucha no se detiene aquí.

Esa conversación la llenó de esperanza. Ella sabía que el cambio verdadero necesitaba tiempo y esfuerzo, pero estaba convencida de que la comunidad estaba en el camino correcto. La unión que habían forjado era un testimonio del eco del cambio que resonaba no solo en Boston, sino en otras comunidades que también luchaban contra la corrupción y el abuso.

Con el paso de las semanas, Mia continuó participando en diversas actividades comunitarias. Se convirtió en mentora para jóvenes activistas y ayudó a organizar talleres sobre cómo abordar el trauma. A través de estos encuentros, se dio cuenta de que su propio proceso de sanación también estaba en marcha. La comunidad le había enseñado que la resiliencia no solo se trata de resistir, sino también de crecer a partir de las experiencias dolorosas.

Un día, mientras caminaba por el parque, Mia se encontró con un grupo de personas que habían sido parte de su viaje. Estaban sentados en una mesa, discutiendo sobre cómo mejorar la estrategia de comunicación para llegar a más personas. Se unió a la conversación, aportando ideas sobre cómo utilizar las redes sociales para amplificar su mensaje.

—Es crucial que nuestra historia sea conocida —dijo Mia. —No solo para honrar a las víctimas, sino también para inspirar a otros a unirse a la causa.

A medida que hablaban, Mia sintió un profundo sentido de conexión. Cada uno de ellos estaba comprometido en su propia forma, y juntos formaban un mosaico vibrante de cambio. La lucha contra la corrupción y el abuso estaba lejos de ser fácil, pero era evidente que estaban en el camino correcto.

En los meses siguientes, los esfuerzos de la comunidad comenzaron a dar frutos. La presión sobre las autoridades locales para implementar reformas se intensificó. La policía comenzó a recibir capacitación sobre cómo manejar los casos de abuso con sensibilidad, y se establecieron líneas directas para que las víctimas pudieran denunciar sin miedo a represalias.

Sin embargo, también había desafíos. A medida que la comunidad se volvía más vocal, algunos intentaron desacreditar sus esfuerzos. Pero con cada ataque, Mia y sus aliados se mantenían firmes. La resiliencia que habían cultivado era más fuerte que cualquier intento de silenciarles.

La historia de Mia, Sarah y Rachel se convirtió en un símbolo de esperanza para muchos. Los medios de comunicación comenzaron a cubrir su lucha, y su mensaje de empoderamiento resonó en otras ciudades. Las redes de apoyo se expandieron, y pronto surgieron grupos similares en otras partes del país.

En una reunión posterior, mientras discutían el impacto que estaban teniendo, Mia se dio cuenta de que su lucha no solo era por la justicia individual, sino por un cambio sistémico. La comunidad había comenzado a ver los efectos de su trabajo, y aunque aún quedaba mucho por hacer, el eco del cambio ya era un sonido poderoso en sus corazones.

Capítulo 32: Nuevos Comienzos

Mia se sentó en su ventana, observando cómo el sol se ponía sobre la ciudad. Era un momento de reflexión, y su mente vagaba hacia los eventos de los últimos meses. Había sido un viaje lleno de altibajos, pero ahora sentía que estaba en un lugar de renovación. La lucha por la justicia había transformado no solo su vida, sino también la vida de quienes la rodeaban.

Mientras la luz del atardecer iluminaba su apartamento, Mia pensó en las personas que había conocido a lo largo del camino. Cada una de ellas había dejado una huella en su corazón. Las historias de dolor habían sido superadas por historias de resiliencia y fortaleza. La conexión que había forjado con la comunidad era algo que nunca habría imaginado.

Reflexionando sobre su viaje, Mia se dio cuenta de que había aprendido mucho más que solo el valor de la justicia. Había aprendido sobre la importancia de la empatía, la solidaridad y la fuerza que se encuentra en la comunidad. Había encontrado un propósito que le daba sentido a su vida, y eso era un nuevo comienzo en sí mismo.

Con el cambio de estación, se dio cuenta de que también era un momento de renovación personal. Después de años de luchar contra la oscuridad, finalmente estaba lista para abrirse a nuevas posibilidades. Había encontrado su voz, y ahora era el momento de usarla para el bien.

Decidió que quería continuar su trabajo en la comunidad, pero también sabía que era importante cuidar de sí misma. Se inscribió en clases de yoga y meditación, buscando equilibrar el tumulto de sus emociones. La sanación no era solo un proceso exterior; también debía ser interna.

Un día, se encontró en una clase de escritura terapéutica. El ambiente era acogedor y lleno de personas que buscaban compartir sus historias. Durante la primera sesión, Mia se sintió insegura, pero a medida que comenzó a escribir, las palabras fluyeron como un río. Era un alivio compartir su viaje y explorar sus sentimientos a través de la escritura.

—La escritura es una forma de liberación —dijo la instructora, animando a todos a expresarse. —Es una manera de tomar el control de nuestras narrativas.

Mia sintió que cada palabra que escribía la acercaba más a su verdadero yo. Se dio cuenta de que tenía una historia que contar, no solo sobre la lucha por la justicia, sino también sobre la resiliencia, el crecimiento y la esperanza. Cada página se convirtió en un testimonio de su viaje.

Con el tiempo, Mia decidió que quería compartir su historia de manera más amplia. Comenzó a trabajar en un libro que contaría no solo su experiencia, sino también la de otros sobrevivientes. Era un proyecto que le llenaba de pasión y propósito. Sabía que sus palabras podrían inspirar a otros a encontrar su voz y luchar por lo que era correcto.

A medida que avanzaba en su escritura, se sentía más conectada con la comunidad. Mia organizó lecturas y talleres donde las personas podían compartir sus relatos y empoderarse mutuamente. Había algo poderoso en escuchar a otros hablar sobre sus luchas y victorias. Cada historia era una chispa de luz en la oscuridad, y juntos estaban creando un fuego inextinguible.

Los meses pasaron, y el libro comenzó a tomar forma. Mia sentía que estaba escribiendo no solo para ella misma, sino para todos aquellos que no habían tenido la oportunidad de contar su historia. Era una celebración de la resiliencia y la esperanza, y quería que su mensaje llegara a lo más profundo de las personas.

Finalmente, llegó el día en que el libro fue publicado. Mia organizó un evento de lanzamiento en el mismo lugar donde había tenido su primera reunión comunitaria. El lugar estaba lleno de personas que habían sido parte de su viaje: amigos, familiares, sobrevivientes y aliados. Todos se unieron para celebrar no solo el lanzamiento del libro, sino también el cambio que habían logrado juntos.

Cuando Mia subió al escenario, sintió una mezcla de nerviosismo y emoción. La sala estaba repleta de rostros familiares, y ella sabía que no estaba sola. Comenzó a hablar sobre el viaje que había recorrido y lo que significaba para ella compartir su historia.

—Hoy, no solo celebro la publicación de este libro, sino la comunidad que hemos construido juntos. Este libro es un reflejo de nuestras luchas, pero también de nuestras victorias. Cada uno de ustedes ha sido parte de este viaje, y no podría haberlo hecho sin su apoyo —dijo Mia, con lágrimas en los ojos.

La multitud la recibió con aplausos y vítores. Mia sintió una profunda conexión con cada uno de ellos. Era un nuevo comienzo, no solo para ella, sino para toda la comunidad. Había una energía palpable en el aire, una promesa de que juntos podían enfrentar cualquier desafío que se presentara.

A medida que el evento avanzaba, Mia escuchó historias de otros sobrevivientes que compartían su viaje. Era un momento de sanación y conexión, y Mia se sintió agradecida por haber sido parte de ello. La lucha por la justicia había llevado a un cambio real, y había esperanza en cada rincón de la sala.

Mientras la noche llegaba a su fin, Mia salió del lugar sintiéndose renovada. Sabía que el eco del cambio continuaría resonando en la comunidad. La lucha por la justicia no había terminado, pero ahora estaba acompañada por una red de apoyo que nunca dejaría de luchar.

Con una sonrisa en su rostro y el corazón lleno de esperanza, Mia miró hacia el futuro, lista para enfrentar cualquier cosa que viniera, sabiendo que el poder de la comunidad era más fuerte que cualquier adversidad. Era un nuevo comienzo, y ella estaba lista para vivirlo al máximo.

Did you love *Bajo el Manto del Horror Un Thriller Psicológico Criminal lleno de Abuso,Corrupción,Misterio,Suspenso y Aventura*? Then you should read *El Club de los Pecados Un Thriller Psicológico*[1] by Marcelo Palacios!

En la vibrante ciudad de Ginebra, un grupo exclusivo conocido como "El Club de los Pecados" orquesta una red internacional de blanqueo de dinero que desafía todas las leyes. Cuando el investigador privado Lucas Ferrer y la experta en criptografía Diana Montero descubren las pistas hacia este siniestro club, se sumergen en un mundo de intriga y peligro.Mientras desentrañan un complejo entramado de corrupción, traición y evasión fiscal, Lucas y Diana se enfrentan a amenazas constantes y traiciones inesperadas. Su búsqueda de justicia los lleva desde lujosas mansiones en los Alpes Suizos hasta oscuros callejones de la ciudad, revelando una red secreta de poderosos criminales dispuestos a todo para proteger sus secretos.Con una narrativa intensa y giros inesperados, "El Club de los Pecados" es un thriller de misterio y crimen que mantiene a los lectores al borde de sus asientos. Prepárate para una experiencia de lectura

---

1. https://books2read.com/u/b6BGR6

2. https://books2read.com/u/b6BGR6

llena de suspenso, tensión y revelaciones impactantes. ¿Lograrán Lucas y Diana desmantelar la red antes de que sea demasiado tarde, o caerán en la trampa mortal de los pecadores? Descúbrelo en esta emocionante novela donde cada secreto podría ser el último.